「俺、一度これやってみたかったんすよね。
主任もけっこう男のロマンだったんじゃないですか?」

illustration by TOMO KUNISAW

鬼上司《おにじょうし》の恥《は》ずかしい秘密《ひみつ》

西野 花
HANA NISHINO

イラスト
國沢 智
TOMO KUNISAWA

Lovers Label

CONTENTS

「……うっ」

宮城都和《みやぎとわ》は鈍《にぶ》い身体の痛みに目を覚ました。

目を開けると、視界に見覚えのない部屋の景色が映る。一瞬、状況《じょうきょう》が理解できなくて、都和はその場で起き上がろうとした。

「っ⁉」

どろり、と体内から何かが出てくる。その不快感《ふかいかん》と身体の奥に残る感じたことのない違和感《いわかん》に、都和は顔をしかめて脚の間を確認した。

都和は裸《はだか》だった。そして、ありえない場所から溢《あふ》れているのは、白濁《はくだく》した体液と、うっすらと混じっている血。

「な――――…」

一瞬、頭の中が真っ白になる。今更《いまさら》のように身体が震《ふる》えて、都和は思わず自分の身体に毛布をたぐり寄せた。

何があった。いったい自分の身に何が起きたのだ。

うまく回らない頭で、必死で昨夜《ゆうべ》の記憶を思い返そうとする。確か昨夜は、新入社員の歓迎《かんげい》会で、都和もそれに参加した。

入社したばかりの都和は、先輩《せんぱい》達や上司に失礼があってはならないと、やや緊張《きんちょう》してはいたものの、勧められる酒を断れず、次々に杯を重ねていった。そして、途中からの記憶がまったくない。

明らかに異常な事態が起きていた。都和は酒にはあまり強くない。それでも、ここまで前後不覚になったことはなかった。

おそらく、自分は誰かと事に及《およ》んだ。それも抱かれたのだ。

(いったい誰に⁉)

会社の人間だろうか――わからない。頭を抱え込み、パニックになりそうな衝動《しょうどう》を懸《けん》命《めい》に堪《こら》える。

(身体を洗わなきゃ)

思い出せない以上、今の都和にできることはそれしかなかった。早く、この忌々《いまいま》しい痕跡《こんせき》を、自分の肉体から消し去りたい。

今自分がいる場所は、多分どこかのホテルの一室だろう。ベッドから降りると、ぐらりと身体が揺れた。壁《かべ》に手をついて自らを支え、バスルームへ入る。シャワーを浴びようとした時、都和は自分が射精《しゃせい》していることに気づいた。それも何度も吐き出したらしく、下腹に乾《かわ》いた精子が大量にこびりついている。

「……そんな」

こんなことをされて、自分もまた愉《たの》しんでしまったのだ。その事実を突きつけられて、足元が崩《くず》れていきそうになる。

両脚に力が入らず、バスタブの中に蹲《うずくま》る。

頭から降り注ぐ温かいシャワーに打たれながら、都和はしばらくの間、そこから動くことができなかった。

「――何度同じことを言わせる？　私の話を聞いていなかったのか？」

総務《そうむ》部の人事課のフロアに、都和の冷たい声が響《ひび》く。決して語気を荒《あら》げているわけでもないのに、その声音は氷点下の威力《いりょく》を持っていた。

「――すみません」

入社二年目の男性社員の和田《わだ》が、肩を縮《ちぢ》ませて項垂《うなだ》れている。その姿を一瞥《いちべつ》すると、都和はため息をついた。

「私は謝罪《しゃざい》が欲しいわけじゃないんだ。計算ソフトのひとつも使えなくてどうする」

都和のデスクには、和田が作った資料が置かれている。

「す…、すぐ作り直します！」

「そうしてくれ」

和田は作成した書類を掴《つか》むと、逃げるようにして自分のデスクに戻っていった。パソコンの前に座り、気を落としたような顔をする彼に、隣のデスクの同僚《どうりょう》が肩を叩《たた》き、何かを小声で言っている。おおかた、気にするなとかそういった慰《なぐさ》めの言葉をかけているのだろう。

（少しは気にしてくれないと困る）

都和はその様子を目の端《はし》に止め、小さくため息をついた。和田は書類にミスが多すぎる。おそらく性格的に大雑把《おおざっぱ》なのだろう。この部署には合わないのかもしれない。都和は和田を、頭の中で来年度の異動候補のリストに付け加えた。

「あそこまで言わなくてもいいのにね」

「宮城主任《しゅにん》、仕事できるし顔もいいけど…」

パーテーションの向こうで、女性社員の話し声が聞こえてくる。その先で何を言われているのかわかっていた。冷たいとか厳《きび》しすぎるとか、パワハラとかそういう類《たぐい》だろう。

都和は立ち上がると、人事課長のデスクに向かった。

「課長、昨日お送りしたメール、目を通していただけましたでしょうか」

課長の杉下《すぎした》は四十前後の男で、都和を見ると少し身体を引いた。

「あ、ああ…、ごめん、なんだったかな」

「来年度の新入社員研修の案ですが」

「あーそうか！　すまんすまん、すぐ見るよ」

杉下は口元に曖昧《あいまい》に笑みを浮かべて都和を見上げる。都和がまたか、という目を杉下に向けると、彼は焦《あせ》ったように言い訳を並べた。

「ほら、昨日は、急に会議が入ったもんだから……。今日中に見ておくよ」

「わかりました。くれぐれもよろしくお願いします」

都和は事務的に答えると、自分のデスクに戻っていく。そしてキーボードを猛烈《もうれつ》な速度で叩き始めた。

「――あの。宮城主任」

「何かな」

駒田《こまだ》という女性社員が遠慮《えんりょ》がちに話しかけてくる。都和は画面から目を反《そ》らさずに静かに答えた。

「今月の月報の集計、できました。チェックお願いします」

おずおずと差し出された書類を受け取って、都和はその場で手早くめくっていく。駒田はまるで判決を待つ罪人《ざいにん》のようにそこで俯《うつむ》いていた。都和の手が、最後のページで止まる。

「いいよ」

「――ほんとですか？」

ぱっと顔を上げた駒田に、都和の言葉が浴びせられた。

「ただ、フォーマットが見づらいって、前回言ったよね。どうして直ってない？」

「あ……」

しまった、という色が駒田の顔に浮かぶ。

「内容がよくても見る側のことを考えていなければ仕事は完結しない。まだわからないかな？」

「はい……申し訳ありません」

「次こそ気をつけるように」

都和は素っ気《そっけ》なく言うと、またキーを叩き始めた。駒田は一刻《いっこく》も早くそこを立ち去りたいと言いたげに、足早に離れていく。都和は来たメールを恐《おそ》ろしい速度で処理《しょり》していくと、ふと手を止めてため息をついた。立ち上がり、デスクから離れる。

「ちょっと制作に行ってくる」

「は、はい、いってらっしゃい」

部下が返事をした時には、都和はもう歩き出していた。都和がフロアを出る瞬間、ほっとした空気がそこに広がるのを感じる。

「宮城主任、今日も超こわい…」

「勘弁《かんべん》して欲しいよね」

そんな言葉が聞こえてきたが、都和は聞こえない振りをした。

『クロウアイル』は中堅《ちゅうけん》の広告制作会社で、良質の顧客《こきゃく》を多く抱える企業だった。業績も、今のご時勢にしてはまずまずの水準を維持《いじ》している。

都和がこの会社に入社して、はや六年。二十八歳になった都和は、総務部の主任になっていた。課長のすぐ下だ。異例のスピード出世だという。

実際に都和は、仕事はよく出来た。入社当時は制作を希望していたが、配属《はいぞく》されたのは人事課だった。正確さと早さを備え、細かいところによく気がつく。そういうところは事務仕事向きだが、柔軟《じゅうなん》な発想に欠けているのかもしれない。なるほど、今も頭が固いとよく言われているから、当時の人事はよく見ていたのだろう。

だが都和は、自身が他の社員から半ば敬遠されていることを知っていた。冷たい。支配的。厳格《げんかく》。仕事は出来るが、人望がない。人事課の鬼主任《おにしゅにん》。

(俺にしてみれば、周りがだらしなさすぎるんだ)

都和は自分が厳しいとは思っていない。

(俺が厳格なわけないだろう)

新入社員の頃、泥酔《でいすい》してあんな間違いを犯《おか》した。そしてそれは、二度と消えないだろう証拠《しょうこ》として今も残っている。

都和の中で忘れ去りたいと願っているあの夜のことは、それから一年後に最悪の形で目の前に戻ってきた。

夜、自分のマンションの部屋で、何気なくネットを見ていた時に、とある動画のサムネイルが目に飛び込んできた。

目隠《めかく》しをしてシーツに横たわっている全裸《ぜんら》の男。

『初めてなのに喘《あえ》ぎまくり！　超敏感《ちょうびんかん》ボディのドMネコ！』

まさか、と思った。

震える手でリンクをクリックし、邪魔《じゃま》な広告をどけて動画を再生する。それを見ているうちに、都和の唇《くちびる》から絶望《ぜつぼう》の呻《うめ》きが漏《も》れた。

そこで男に犯され、はしたない喘ぎ声を漏らしているのは都和自身だったからだ。目隠しをしてはいるが、他ならない自分の姿はどうしたってわかる。何よりも、特徴的《とくちょうてき》な部位を目にしてしまい、疑いようもなかった。

――なんで、こんなものが。

混乱する頭で必死に考えた都和が思い当たったのが、新入社員の時に酔《よ》い潰《つぶ》れ、ホテルで目覚めた出来事だった。あの時の自分には、性交の痕跡がはっきりと残っていたことを思い出す。

犯されただけではなく、それを動画に撮られていた。

状況から推測《すいそく》すると、そうとしか思えなかった。

どうにか削除《さくじょ》できないだろうか。まず都和はそのことを考えたが、しばらく調べていくうちに、それは難しいだろうという結論に行き当たった。

この動画を削除したとしても、おそらくは他のところでも出回っている可能性が高い。それに、管理元に削除申請《しんせい》をするとして、そこに映っているのは自分だから、と報告するのは、どうしても抵抗があった。

(きっと、俺だとはわからない)

目隠しで顔も隠れているし、こんな声、普段の声とは全然違う。だから大丈夫だ。だいたいこんなネットの片隅《かたすみ》に流れている動画なんて、見ている人間もどうせすぐに忘れてしまう。

都和はそう思い直して、結局何もできなかった。

あれから月日は流れているが、今のところ何も起きていない。だから、きっとこのまま生きていける。

だが、都和を犯し、動画を撮ったのは誰なのだろうという疑問はずっと残っている。

もしかして、この会社にいるのだろうか。

その可能性は否定できない、と思った。

その人物は今もここにいて、何もできない都和を嘲笑《あざわら》っているのかもしれない。そう思うと、冷えた怒《いか》りが胸の中で渦《うず》を巻いた。

(誰だか知らないが、俺は絶対に負けないからな)

それと同時に、醜態を晒《さら》してしまった自分への憤《いきどお》りもある。酔い潰れて正体をなくすなんて、だらしないにもほどがある。

都和はそのことがあって以来、自分にも他人にも厳しくなった。こんな卑怯《ひきょう》な真似《まね》をした人間がもしも社内にいるのなら、仕事で見返してやりたかったのだ。

エレベーターに乗りながらそんなことを考えていると、自然と表情が険《けわ》しくなってしまったらしく、顔を上げると目が合った男性社員が慌《あわ》てて視線を逸《そ》らす。どうやら自分はよほどとっつきにくい人間になってしまったらしい。隙《すき》を見せず、仕事に邁進《まいしん》しているうちにこうなってしまった。だが、今更どうにもできない。

エレベーターを降りると、すぐに制作のフロアだ。ここは会社の中でもさすがの花形部署で、カーペットの色からして活気のある明るいミントグリーンだ。働いている社員も、他部署に比べるとラフなスーツの者が多い。これに関しても、都和はどうかと思っている。いくらクリエイティブな業務とはいえ、会社員としてある程度の身だしなみは必要だからだ。

「あ、宮城さん…」

「お疲れ様です」

都和が現れたのに気づいて、制作部の社員達がさっと道を開ける。歩きやすいのはいいが、あからさまに怖がられていた。それに構わず、都和は一番奥のブースまでつかつかと進んでいく。

「渋谷《しぶや》君」

都和の尖《とが》った声が、こちらに背を向けて座っている明るい髪の色の社員に突《つ》き刺《さ》さった。

「――――ふあい?」

何とも気の抜けた返事が来る。椅子《いす》がくるりと回転し、渋谷と呼ばれた社員がこちらを向いた。若い女の子が好きそうな、今時の甘いマスクはすぐにでもアイドルになれそうだ。ほとんどオレンジ色に近い髪が、あちこちに跳《は》ねている。そして都和に向き直ったその口には、チョコレートバーが咥《くわ》えられていた。

「――――呼ばれた時には、口から食べ物を出せ」

「だって、腹減ったんすよ」

渋谷はデスクの上の未開封《みかいふう》のチョコレートバーを手に取り、都和に差し出した。

「宮城主任も食います?」

「いらない」

氷点下の声があたりを凍結《とうけつ》する。だが、渋谷は一向に気にした様子もなく、あれ、甘いもの嫌いだったかな、と言って机《つくえ》に戻した。

渋谷成清《しぶやなりきよ》は入社二年目の二十五歳で、第一制作部に所属している。この部署は大手企業や大々的にメディア展開を行う広告業務を取《と》り扱《あつか》う部署で、クロウアイルの稼《かせ》ぎ頭《がしら》だ。その中でも渋谷はかなりの頭角を現している。

そもそも広告業界はその職種のイメージとはうらはらに体育会系の体質を持つところが多い。だがクロウアイルは、純然《じゅんぜん》たる実力主義を持っていた。キャリアにかかわらず、いい広告、つまり、その成果物を使っていい数字をあげた者がえらい、という気風にある。渋谷はそういう意味で第一のエースと言われているが、とにかく性格が自由すぎた。

「なんか用すか、主任」

「勤務時間表を見た。フレックスを活用するのはいいが、先月の出社時間がコアタイムを過ぎている」

都和が言うと、渋谷はああ…、と、思い出したように視線を宙にさまよわせた。

「先月はA社のコンペで、夜遅いことが多かったんで、起きられなかったんすよ」

「だからといって、規則を無視していいわけじゃない。それも、一度だけならまだしも、前回もこういうことがあったじゃないか」

「えぇー」

渋谷は口を尖らせると、不満そうに漏らした。

「だって藤本《ふじもと》さんがいいって言ったんですもん。ねー藤本さーん！」

渋谷は首を巡《めぐ》らせて、藤本という社員を呼ぶ。すると奥に座っていた男性社員が顔を上げた。

「ん？」

ひどく男ぶりのいい顔立ちが都和と渋谷を見る。立ち上がり、悠然《ゆうぜん》とした足取りでこちらへやってきた。

「どうした渋谷。ああ、宮城さん、お疲れ様です」

「…どうも」

にこやかに挨拶《あいさつ》してきた藤本が、都和は少し苦手だった。彼は関係会社からの出向でこちらにやってきていて、制作部でも渋谷と並んで頭角を現している。事務方面の処理能力も高く、まだ三十三歳だったと思うが、若手からの人望も篤《あつ》かった。

都和は人事の人間であるので知っているが、彼は出向先の社長の息子だ。それを笠《かさ》に着るような言動は少しも見られないが、滲《にじ》み出る余裕がどことなく感じられる。その落ち着いた態度で見つめられると、都和が内緒にしている秘密まで暴《あば》かれてしまいそうな印象を受けて、どうも落ち着かなくなってしまうのだ。見られるだけなら、ばれてしまうことはないのに。

「コアタイム過ぎてたから怒られたんすよ」

「ああ、そういうことか……、すみません、宮城主任。今後は気をつけますので」

「前回もそう言いませんでしたか？」

都和は追及の手を緩《ゆる》めない。藤本は少し困ったように微笑《ほほえ》んで、小さく肩を竦《すく》めた。まるで恋人にわがままを言われたような仕草に、侮《あなど》られたような気分になる。

「いいじゃないすか。コンペ通ったんだし」

「それとこれとは問題が別だ」

「渋谷。宮城主任の言う通りだ。規則は規則だからな。俺も今後は改める」

「…うっす」

態度には問題があるが、渋谷は不承不承頷《うなず》いた。渋谷の成果物は、会社に多大な利益をもたらしている。だがそれによって天狗《てんぐ》になってはいけない。

「では、よろしくお願いします」

都和がそう言って踵《きびす》を返した時、藤本が声をかけてきた。

「ああ、そうだ宮城主任。今度の金曜、十九時から空《あ》いてますか？」

「なんですか？」

「今回のプロジェクトの打ち上げやるんですけど、宮城主任も来ませんか？」

「…どうして私が？」

「応援してくれたじゃないですか。差し入れしてくれたでしょう」

藤本の言葉に、都和は、うっと怯《ひる》む。

確かに、彼らがプレゼンの準備でがんばっていた時に、都和は自費で制作部に差し入れをしたことがある。だがそれは人を介《かい》してだったし、何も言ってなかったはずなのに。

「えっ、そうなんですか？」

「知らなかったー」

周りの密《ひそ》やかな声が聞こえて、都和はいたたまれなくなる。自分がそんなことをするような人間だと知られるのが、恥ずかしかった。

「別に、そんなことはけっこうです」

「まあまあ、そう言わないで、顔を出すだけでも」

「……仕事が忙しいので。失礼」

都和は返事を待たずにその場を去った。

（いったい何を考えているんだ）

都和は自分の仕事のやり方が、多くの社員に威圧的《いあつてき》な印象を植え付け、煙《けむ》たがられているという自覚がある。そんな自分が参加したら、せっかくの打ち上げが微妙《びみょう》な空気になるということぐらいはわかっているはずなのに、どうして誘《さそ》ってくるのだろう。

廊下《ろうか》を歩きながら、都和はため息をつく。

わかっている。自分はもう少し他の社員と円滑《えんかつ》につきあう必要性がある。けれどそれができないのは、あの動画の件があるからだ。

もしかしたら、六年前に都和を犯し、あまつさえ動画を撮った人間がこの会社にいるかもしれない。その人間は、自分が辱《はずかし》めた都和の動向を観察し、嘲笑《あざわら》っているのだろう。

そんな奴に負けるものか。仕事もちゃんとやって、結果も出してやる。俺はあんなこと、なんでもない。

都和はその一心で虚勢《きょせい》を張って仕事に努めた。だが、頭の中に、いや、身体の奥深くに、あの時の種火《たねび》を感じることがある。

都和は自らの浅ましい姿を動画で見た。経験などなかったというのに、与えられる愛撫《あいぶ》に悦《よろこ》び、貫《つらぬ》かれて快感を得ていた事実が、ありありと脳裏に蘇《よみがえ》る。動画の中の都和は、明らかに嫌がってなどいなかった。

あれが俺の本性だというのか。

認めたくなかった。けれどそれを否定すればするほど、その痕跡は都和を苦しめ続ける。

いつしか都和は、その時の妄想《もうそう》を元に、自慰《じい》をするようになった。

なんでこんなことで興奮《こうふん》しているんだ。おかしい。そう自責しつつも、自らのものを愛撫する手は止まらない。結局、自分はあの出来事を愉しんでいたのではないだろうか。だからいまだに求めてしまう。そしてそれを、都和を犯した犯人は知っている。

知られてはならないと思った。自分にそんな性癖《せいへき》があることを、誰かに知られたら死んでしまう。

都和はそれを、他人を拒絶《きょぜつ》し、厳しく当たることで隠そうとした。

そんなことがたいして意味をなさないということはわかっている。だが他にどうしようもなかった。

そして都和は、人事部の鬼だの、雪の女王などという不名誉《ふめいよ》な二つ名をつけられることとなったのだ。

藤本の誘いは当然無視するつもりだった。だがその日の夜、業務を片付け、そろそろ帰ろうと思った時に、携帯の着信が鳴る。発信者は登録のない番号だった。

「――はい」

『宮城主任ですか？　藤本です。これから二次会なんですけど、いらっしゃいませんか？』

「行くわけないでしょう」

呆《あき》れた口調で返したが、藤本は一向に気にした様子もない。

『だいたい、この番号をどこで知りました？』

『人事部の人に教えていただきました』

「――誰に？」

『言いません。言ったら宮城主任、叱《しか》るでしょう』

笑いを含《ふく》んだような声音《こわね》に、苛立《いらだ》ちが募《つの》る。藤本は都和に対してもいつも余裕のある態度で接する。それが都和の余裕のなさを思い知らされているようで、感情の表層《ひょうそう》をひっかかれた気分になるのだ。

「失礼します」

『あ――待ってください。切らないでくださいよ。夕飯まだでしょう？　もうみんないい感じに酔っ払ってるし、少しだけ来ませんか？』

宥《なだ》めるような、切られそうになっているのに焦った感じのない声で藤本が言う。

「……どうしてそこまで誘ってくれるんですか?」

『宮城主任と飲みたいんですよ』

「――――」

『店の場所、メールで送っておきます。じゃあ待ってますから』

「あの」

そう言い残して、藤本は先に通話を切ってしまった。それからすぐにメールが届き、店の名前と地図が送られてくる。

「まったく……」

都和は大きくため息をついて、フロアを出た。


指定された店は雑居ビルの地下にあった。入り口に小さく店名の書かれたドアの前で、都和は入ろうかどうか躊躇《ためら》う。中の様子がまるきり見えないのは入りにくいことこの上ない。しばらく躊躇ってから、やはり帰ろうと踵を返した時、店のドアが内側から開いた。

「ああ、宮城主任」

「っ」

よりによって、ドアを開けたのは藤本だった。

「遅いからちょっと見てこようと思ったんですよ。さあどうぞ」

「い、いや、私は…」

藤本に腕を引かれ、有無を言わさずに店の中に引き込まれる。だがその時、都和は妙《みょう》な違和感に包まれた。

「……藤本さん、この店は…」

「ああ、もう気づいてしまいましたか」

彼は笑いを堪《こら》えたような顔をする。

ぱっと見にはどこにでもありそうな、センスのいい普通の内装だった。だが、壁にかけられている写真や、ところどころに置かれているもので、ここが一般的な店ではないことがわかった。

「あっ、しゅにーん、お疲れさまっす」

奥に座っていた集団の中から、渋谷が声をかけてくる。その顔は、ステージからの毒々《どくどく》しいライトの色に染まっていた。

中央に設《しつら》えてあるステージの上では、ショーの真っ最中だった。黒いボンデージに身を包んだ肌も露《あら》わな女性が、天井から吊《つ》るされた少し小柄《こがら》な女性を嬲《なぶ》っている。媚《こ》びを含んだ声が、店の中に響いた。

「女性が全員帰ってしまったんで、少し変わったところに行こうって話になったんですよ。男しかいないから、セクハラにはなりませんよね？」

「わ、私は、こういったところは……っ」

ここは、おそらく特殊性癖《とくしゅせいへき》――ＳＭをテーマにしたバーなのだろう。制作部の人間は藤本達を入れて六、七人ほどが椅子に座っている。皆喜んでエロティックなショーを見物していた。だが、都和にとっては自分のトラウマを刺激《しげき》しかねない場所だった。

「大丈夫ですよ」

藤本が都和の腕を優しく取る。まるで落ち着かせ、宥めるように。

「どうってことはありません。さあ、座ってください」

「――――」

その時の彼の言葉は、都和の中に沈《しず》み込むように入ってきた。促《うなが》されるままに席に座ると、ドリンクが出てくる。

「何食べます？　ここ割と食い物もうまいっすよ」

渋谷がメニューを渡してくれた。ちらりと横に視線を向けると、他の制作部のメンバーはすでに酒が入っているせいか、都和が近くに座っても特段嫌《いや》な顔もせず、自分達の会話に夢中になっている。それを確認し、夕食をとっていなかった都和は適当なフードを注文した。

「……どうしてこんな店にしたんだ」

「普通の飲み屋に行ったっておもしろくないじゃないですか。せっかくなんだし。気分がアガるところがいいでしょ」

渋谷の言うことはよくわからない。制作部はこいつを甘やかしすぎだ、と都和は思う。

運ばれてきたグラタンは大きな海老《えび》がいくつも入っていて、想像していたよりも美味だった。

レモンハイで口を冷ましつつ、都和はちらちらとステージの上に視線を向ける。ショーはまだ続いていた。M役の女性が縄《なわ》できりきりと縛《しば》られ、恍惚《こうこつ》の表情を浮かべている。妙に落ち着かない気分だった。

「主任でも、ああいうの興味あります？」

唐突《とうとつ》に藤本に声をかけられ、都和はブロッコリーを喉《のど》につまらせそうになる。

「な、に……を」

慌ててドリンクで流し込み、藤本を睨《にら》む。だが彼は、いたって動じていなさそうに続けた。

「いや、主任ってどっちに感情移入してるのかなって思いまして。Sのほうですかね？　それとも――――」

「そんなわけないでしょう」

都和は即座《そくざ》に否定《ひてい》する。同性であろうと、これはセクハラの部類だ。そう抗議《こうぎ》しようとした時、ステージの上から声がかかった。

「誰か、縛られてみたい人はいない？」

客をステージの上に上げるというパフォーマンスだ。本気で縛るわけではないが、軽い体験をさせて愉しんでもらおうという趣向《しゅこう》なのだろう。その場にいる者達が、顔を見合わせ始めた。

「宮城主任がいいんじゃないすか」

「――――!?」

渋谷がとんでもないことを言ったので、都和は思わず目を見開く。その瞬間、制作部の人間達の視線がいっせいにこちらに向けられた。好奇心《こうきしん》に満ちた視線。都和の背中に、ひやりとしたものが走る。

「ば、馬鹿なことを言うな……！」

「いいね、宮城主任がいい」

「そうそう、それ以外考えられない！」

はやし立てる声が都和を追い詰める。あのステージの上で縛られる？　こんな人前で？

冗談ではない、と抵抗するが、皆酒が入っている上に、普段厳しい態度の都和が縛られたらどうなるのか見てみたいという興味に駆《か》られているのだろう。都和の味方は誰もいなかった。

藤本に視線を向けるが、彼は困ったような笑みを浮かべて都和を見ている。

（――――どういう表情なんだ、それは）

苛立ちを覚えつつ身を引いていると、誰かの手が都和の腕を摑んだ。悪乗りした社員は束《たば》になって都和を追い立て、抵抗空《むな》しくステージの上に追い立てられてしまう。

「――っ」

照明の鋭《するど》さが目に突き刺さった。その瞬間、都和はくらりと目眩《めまい》を覚える。

「あなたが縛られるの？」

Sの女性が笑みを浮かべながら都和の腕を掴む。その瞬間、身体から力が抜けていくのを感じた。

――え？

自分の肉体に何が起こったのかわからず、呆然《ぼうぜん》とする都和の腕に縄がかけられていく。都和は、自分の身体が動かなくなっていることを感じた。逃げたいのに、この場から動くことができない。

――なんで。

そう思った時、縄がぐっ、と締め上げられた。

「！」

都和の身体に、覚えのある戦慄《せんりつ》が走る。まるで強く抱きしめられるような感覚。それが体内の、認めたくなかったものを呼び覚ましてしまいそうになる。

「や、やめっ…！」

都和が拒否《きょひ》の声を出すと、客席がどっと沸《わ》いた。彼らはこれを、悪ふざけの類だと思っているのだ。都和はこんなに追い詰められているというのに。

このままでは、取り返しのつかないことになる。

都和は自分がこれまで築きあげてきたものが崩壊《ほうかい》してしまいそうな恐怖《きょうふ》に本気で怯《おび》えたが、身体が言うことをきかない。その間にもどんどん身体に縄をかけられ、自分の中の衝動が大きくなっていく。何度か声を上げそうになり、その度にきつく唇を噛《か》んで堪えた。

――ダメだ。

もう、これ以上。

「…ねえ、あなた、もしかして……」

Sの女性が何かに気づいたのか、都和の耳元でそっと囁《ささや》く。

――知られた。

絶望に目の前が真っ暗になった瞬間、ステージの下から声が飛んできた。

「スト――ップ！」

急に上がった声に、都和はハッと目を開ける。

「待って待って、俺、縛られたいっす！」

見ると、無邪気《むじゃき》な好奇心の色をいっぱいに浮かべて渋谷が手を挙げている。

普段、威圧的な態度で社内を凍らせている都和に、一矢報《いっしむく》いようとしている場面を突然中断した彼に、周りは呆気《あっけ》にとられていた。

「しょうがないわね。いいわよ」

Ｓ役の女性は、意外にもすんなり応じた。都和の身体を締め上げている縄が緩み、思わずほっと息が漏れる。

「――あなた。彼に感謝するのね」

解放される寸前《すんぜん》、そんなことを言われたが、都和はその意味がわからなかった。

それからの記憶はあやふやだった。

席に戻ると、藤本が冷たい水を渡してくれたような気がする。ステージでは渋谷が女王様に縛られて痛え痛えと大騒ぎして、うるさいとしばかれていた。その様子に、客席は大笑いしている。

――もしかして、助けてくれたのか……？

都和のただならぬ様子を敏感《びんかん》に感じ取って、あの場で恥《はじ》をかかないように取りなしてくれた。

そんな気がしてならない。

「……藤本さん」

「はい？　――びっくりしましたよね。気がつかなくてすみません。気付けにどうぞ」

そう言って渡してくれた強い酒を、都和は一気に呷《あお》った。

「すまない」

「いいえ。ま、ひとつ貸しにしておきますよ」

藤本はそう言って、人当たりのいい笑みを浮かべるのだった。


「……う」

世界がゆっくりと回っている。そんな不快感に、都和は眉《まゆ》を顰《ひそ》めた。重い泥《どろ》を被《かぶ》ったような意識が徐々に浮上して、外界の空気が伝わってくる。瞼《まぶた》を開けると、見慣れない部屋の景色が広がっていた。

――ここは……。

状況を把握《はあく》するのに少しの時間を要する。すると鈍った意識に、唐突に記憶が蘇ってきた。確か、藤本達にＳＭバーに呼び出されて、そこでステージに上げられて、縛られそうになって……。

「……っ！」

その瞬間に都和は飛び起きようとしたが、頭に走った鈍痛《どんつう》にまたベッドに引き戻された。

「あ、気がつきましたか、主任？」

声をかけられて、都和はびくりと肩を震わせる。他に人がいることに、この時初めて気づいた。声がしたほうに視線を向けると、渋谷がこちらを覗《のぞ》き込《こ》んでいる。

「大丈夫ですか？」

藤本もいた。都和は落ち着こうと自分を宥め、この状況を推測する。

「――――私は酔い潰れたのか」

「ですね。藤本さんがあんまり飲ませすぎるから」

「いや……、すみませんでした、宮城主任。強い酒を続けて飲むから、俺がすぐに止めればよかったんですけど」

「……いい。君たちのせいじゃない。面倒をかけたようで、こちらこそ申し訳なかった」

間違いない。都和はあの後、飲みすぎて前後不覚になってしまったのだ。それを、この二人が介抱してくれたのだろう。

自分を律することができなかったという恥ずかしい思いと、彼らに借りをつくってしまったというバツの悪い思いが交錯《こうさく》する。

都和が素直に謝ったのが意外だったのか、彼らは互いの顔を見合わせる。

「何だ、私が謝るのがそんなに珍《めずら》しいか」

「珍しいっす」

「渋谷は叱られるようなことしかしてないからだ」

「うわ、めっちゃ厳しい……」

「というか、みんなびっくりしてましたよ。縛られたのがよっぽどショックだったんだろうって」

「――――」

その言葉に、都和は自分の手首をぎゅっと握《にぎ》った。

ショックと言えばそうなのかもしれない。けれどあれは、プライドを傷つけられたというよりも、隠していた自分の中のものを引きずり出されそうになったことに対してだった。

まさかあんなふうに反応してしまうだなんて、都和自身も思ってもみなかった。

「主任、ひとつ確認したいことがあるんです」

「何ですか」

藤本の問いかけに、都和は短く答える。次に来た質問に、備えるためだった。だがその衝撃《しょうげき》は、思いのほか大きかった。

「主任、あの店で縛られた時、なんか変じゃなかったですか？」

都和はかろうじて動揺が態度に出るのを抑《おさ》える。

「いきなりあんなことをされたら当然だろう」

「さっきも言いましたけど、宮城主任はプライドが高いから、縛られるのなんて耐《た》えられなかったんでしょう」

「そ…そうだ」

渋谷の言葉に、都和の心臓が駆け足を始める。すると、藤本が続けた。

「俺ね、学生の頃から、まあいろいろやってたんですけど、けっこうあっちの世界に造詣《ぞうけい》が深いっていうか……。あ、これ皆には内緒にしておいてください」

「……？」

都和は意味がわからず、首を傾《かし》げる。

「あっち……？」

「SとかMとか、そういうことですよ。俺は躾《しつ》けるの超うまいSだって言われたことあるんですが」

はっきりと告げられて、都和は息を呑《の》んだ。彼は何故《なぜ》そんなことをいきなり言い出したのか。

「最初聞いた時、俺もドン引きしたっすよ」

「よく言うよ。お前だって相当なもんだろうが」

「俺は乱パとか企画してただけっすから。けっこういい小遣いになってたんですよね」

彼らが話し出した過去の遍歴《へんれき》に、都和は呆然とする。正直、話についていけていなかった。

「もう一生分遊んだと思って、最近は落ち着いてたんですけどね」

「……それがどうした。君たちの過去なんかに興味はないぞ」

「冷たいですね。さすが『雪の女王様』」

藤本は笑う。そして、唐突に、

「主任、ドMですよね。それもかなりの」

都和は言葉を失った。とにかく否定しなければ、と思うのに、普段はよく回る頭が、今は藤本の言葉でいっぱいになっていた。

「……まさか。冗談も大概《たいがい》にしろ。そんなことあるはずがない」

かろうじて出た言葉は、そんなありきたりなものだった。

「じゃあ、ちょっとこれ見てもらっていいですか」

渋谷は都和が否定するのをわかっていたように、スマートフォンを取り出す。慣れた手つきで操作すると、画面を都和の前に突きつけた。

今度こそ、息が止まる。

『ああ、あううんっ、い、いい、いい……っ!』

目隠しをした裸の青年が、四《よ》つん這《ば》いになって髪を振り乱して喘いでいる。後ろから脚の間に手を差し入れられて、青年のものが扱《しご》かれていた。時折《ときおり》、尻がパン、パン、と音高く叩かれ、青年はその度に高い嬌声《きょうせい》を上げる。

それは、六年前の都和の姿だった。男に虐《いじ》められ、喘いでいる自分のあられもない姿。

「これ、主任ですよね」

「……違う」

力なく、そう答えるしかなかった。だが、都和の態度はそうだと肯定《こうてい》しているようなものだ。

画像の顔は半分隠れているから、しらを切ることだってできるはずなのに。

「これ見つけた時、めちゃめちゃびっくりしました。あの鬼上司の主任がこんなのに出てるはずないって。で、思い切って藤本さんに見せたら、多分主任で間違いないだろうって。そうなんですね？」

都和は首を横に振る。もう、そんなことくらいしかできなかった。

「この動画、その界隈《かいわい》じゃ割と話題になってるんですよ。とにかくヌケるって。でもこのM役が出てるのはこれ一本しかなくて、ずいぶん残念がられていました」

「そ…れは俺じゃない、ちがう…。こんなのが、俺であるはずが……」

こんな淫乱《いんらん》マゾは俺じゃない。こんな性癖が自分にあるわけがない。だが、時折どうしようもなく肉体が飢餓《きが》を覚えることがある。その度に否定を繰り返し、都和はその狭間《はざま》でずっと苦しんできた。

「それは、セックスしてみればわかりますよね？」

藤本がベッドの上に乗り上げてくる。

「――――えっ」

突然のことに都和はびくりと上体を震わせ、慌てて腰を引いて後ずさる。だが反対側から渋谷も迫ってきて、都和はたちまちベッドの壁際《かべぎわ》に追い詰められた。

「雪の女王様って、よく言ったもんですね。主任、近くで見るとますます綺麗っすよ。睫《まつげ》なんかめっちゃ長くて、鼻とか人形みたいで」

渋谷の悪戯《いたずら》っぽい声が耳にかかる。都和は目を開けていられず、ぎゅっ、と瞑《つむ》った。

「やめろ、お前達――――、やめろ！」

「ああ、その声、動画に近い感じですね。もっと聞かせてください」

「ひっ」

反対側からも、藤本が耳に息を吹きかけてきて、その熱さに背中が震えた。彼らは都和を押さえつけているわけではない。本当に嫌なのなら、まだ逃げられる。まだ。二人を突き飛ばして、走ってそこのドアから逃げればいい。

それなのに、都和の手脚は腹立たしいほどに動かなかった。力が入らない。彼らは都和の耳たぶを口に含んだり、軽く歯を立てたりしている。腰から背中にかけてぞくぞくと官能《かんのう》の波が走り、今にもみっともない声を上げそうだった。

「なん、で、こんなこと――――」

「主任とセックスしてみたかったから」

渋谷の手が、都和のシャツのボタンを外《はず》す。

「突っ込んで腰を振る男って、すげえ滑稽《こっけい》だと思うんすよね。俺は見てるほうがおもしろかった。けど、主任を見ているうちに、自分で突っ込みたくなったんです。それだけじゃなくて、色んなことをして、主任を悦ばせたいなって」

いい話風に言ってはいるが、内容は空恐《そらおそ》ろしいことこの上ない。

「ふ…藤本さん、君は、こんな馬鹿なことをするような男じゃないでしょう……！」

「いいえ、馬鹿な男ですよ、俺は」

都和の必死の訴《うった》えに、藤本はさらりと答えた。

「少なくとも、あなたに興味を持ちすぎて泣き顔が見てみたいと思うくらいにはね」

「――っ、ふ、う…っ」

都和は唇を奪《うば》われ、たちまち侵入《しんにゅう》してきた舌に口内を蹂躙《じゅうりん》される。彼は普段は落ち着いた佇《たたず》まいをしているのに、口づけは容赦《ようしゃ》がなかった。舌根からきつく吸《す》われ、敏感《びんかん》な粘膜《ねんまく》をねっとりと舐《な》め回されて、脳裏に白い閃光《せんこう》が走る。こんなのはキスじゃない。れっきとした愛撫そのものだった。

「っ、は、ぅ…っ」

口の端から唾液《だえき》が零れて顎《あご》を伝う。それを渋谷の舌先が舐め上げていった。

「俺にも舌しゃぶらせて」

「ん、ン――…っ」

顎をとられて反対を向かされて、渋谷の唇が重なってくる。舌同士が絡《から》み合うくちゅくちゅという音がやたら生々《なまなま》しく頭蓋《とうがい》に響いて、思考がめちゃくちゃにかき乱された。

(なんで、こんなこと)

彼らとは同じ会社の社員だったはずだ。部署は違えど、都和は彼らを管理していた。それなのにどうして、今、口を犯されているのだろう。

「主任の唇も舌も、めっちゃ柔らかいですね」

「な、ぁ…ああ、あっ!」

都和の口から、一際《ひときわ》高い声が漏れた。いつの間にか彼らの手が都和のシャツの前をはだけ、胸をまさぐって乳首を摘《つ》まんでいる。頼りない柔らかさを持っていた胸の突起《とっき》は、彼らの指先で揉《も》まれ、転がされて、たちまち固く尖ってしまう。胸の先から生まれた鋭い刺激が身体中を駆け抜けていくようだった。

「や、やめろ、そんなところ…、触る、なっ!」

燃え上がるような羞恥《しゅうち》と屈辱《くつじょく》に、都和はどうにか抵抗しようと身を捩《よじ》った。だが、男二人に易々《やすやす》と押さえつけられてしまう。

「は、なせっ…!」

「諦《あきら》めて愉しんだほうがいいですよ。今の主任の状態じゃ、俺たちをはね除《の》けられない」

「な、んだと…っ」

悔《くや》しさで涙目になった都和は、藤本を睨みつけた。だが、渋谷にカリカリと爪《つめ》の先で乳首を弄《いじ》られてしまい、ああっ、と声が上がってしまう。

「だって、もう力入んないんじゃないですか？　主任、全然抵抗できてないですよ」

渋谷は都和の首筋《くびすじ》をちろちろと舐め上げながら楽しそうに言った。息を弾《はず》ませる都和に、更《さら》なる刺激が襲《おそ》いかかる。

「ここも、もうビンビンじゃないですか」

「や――……、あっ……！」

藤本の大きな掌《てのひら》が、都和の股間を服の上から捕らえた。そこはすでに形を変え、布地を押し上げている。

「どんなになっているのか、見てあげましょうか」

ベルトを外され、金具を降ろされて前が開かれた。その時、ハッとした都和は、これまでで一番激しく抵抗した。

ダメだ。それだけは、知られるわけにはいかない。

「よせっ、やめろ、離せっ……！」

「お、お？」

「渋谷、押さえていろ。俺はこっちを脱《ぬ》がせる」

「了解っす」

渋谷が体重をかけて都和を押さえ込んできた。起き上がりかけていた身体をまたシーツに沈められ、都和は奥歯を噛みしめる。その間に、藤本が下着ごと都和の下半身の衣服をずり降ろした。大事な部分が外気に触れる感触に、呻きを上げる。

「これは……」

「え？　あれってマジだったんだ？」

都和は泣き出してしまいそうなのを必死で堪えた。股間《こかん》を剝《む》き出しにされるという、ただでさえ最大の恥辱《ちじょく》であるというのに、都和のそこは、成人男性としてはまず見ない、無毛だったのだ。

「動画のやつって、剃《そ》ってるんだと思ってた」

「いや、違う……、これ見ろ。剃った痕《あと》がない」

「っ！」

まるで子供のようなその場所を撫《な》でられて、腰がビクッ、と浮き上がる。

「主任、ここ、もとから生えてないんすか？」

「……っ、やめろ、見るな！」

都和は声を尖らせた。まだ、生えていないことを笑われたり、馬鹿にされたりするほうがマシだったかもしれない。彼らは真剣な顔で、純粋《じゅんすい》な好奇心でそこを覗き込んだり、触ったりしてくる。恥ずかしくて死にそうだった。

「めちゃくちゃ可愛いですよ、主任。子供みたいで」

「あっ！」

渋谷の指先が、都和のものをつつうっ、と撫で上げる。そこは、こんなことをされているのに興奮しているのか、めいっぱい張り詰めていた。まるで悦んでいるみたいで、いたたまれない。

「素敵なものを見せてくれたお礼に、主任の好きなことをして差し上げますよ」

藤本は備え付けのガウンの帯を取り出すと、都和の身体を裏返した。まさか、と思う間もなく、両腕が後ろに回される。

「い、やだ、そんなこと……っ」

都和の声が、哀願するような、訴えるようなものに変わる。

「縛られるの、好きでしょう？」

「ちが……っ」

違う。そんなこと好きなんかじゃない。そう言いたくとも、口から出るのは乱れた呼吸と掠《かす》れた喘ぎぐらいだった。手首から腕に帯をぐるりと巻かれ、ギュッ、と締め上げられる。

「！」

それは、あのバーで感じたものと同じ刺激だった。身体の芯《しん》がじん、と痺《しび》れて、そこが熱を持って蕩《とろ》けていきそうな感じすらする。

「うう、あ…っ」

「……もう、気持ちよくなっちゃいました？」

耳に囁かれる藤本の低い声に、ぞくりとする。これでもうほとんどの抵抗を封じられたのと同じだった。

「主任って、ほんと可愛いですよね」

年下の渋谷に言われて、悔しいのに、もう抗《あらが》えない。

「――いっぱい、虐めてあげますね」

囁かれる声は、確かな欲情を秘めていた。

ああ、きっとこれから、ひどいことをされるのだ。

――あの時みたいに。

そう思うと、下腹の奥がきゅうっ、と引《ひ》き絞《しぼ》られるような感覚がした。都和は眉を寄せ、せめて嫌々と首を振る。絶対に許してはもらえないだろうと知りながら。


「…あぁあっ、あ――――…っ」

さっきから胸の先に、耐えがたい刺激が送られている。都和は白いシーツの上で黒髪を乱し、身体の中で荒《あ》れ狂《くる》う悦楽《えつらく》に悶《もだ》えていた。

「主任、ここ、感じますか？」

都和の両の乳首を、藤本と渋谷が両側から舌先で舐め上げていた。どこかむずがゆいような、甘い痺れを伴《ともな》う快感《かいかん》が乳首からじわじわと身体中に広がっている。都和は意識のある時に他人から愛撫されるのは初めてだった。

「くう…あぁ……っ」

抑えようとしても、声が勝手に出てしまう。彼らはそれぞれ好き勝手に都和の乳首を舐め、しゃぶり、時に優しく噛んだりする。二つの乳首で受ける快感が微妙《びみょう》に異なっていて、身体が刺激に慣れない。

「んっあっあぁあっ！」

渋谷が舌先でちろちろと都和の乳首をいたぶっているのと同時に、藤本にじゅうっ、と音がするほどに吸われた。違う刺激を同時に与えられて、都和の腰がシーツから浮く。

「こんな腰振っちゃって。すげえ気持ちよさそう」

都和の脚の間でそそり立つものは、先端《せんたん》を濡《ぬ》らして蜜《みつ》を滴《したた》らせている。それなのに、そこはまだ触ってもらえなかった。もどかしさに追い詰められる。

「ちが、あ、んあぁあっ」

藤本が軽く乳首を噛んだ。その刺激に、思わず高い声が出てしまう。

「嘘《うそ》はよくないですよ、主任」

嘘をついたお仕置きだと言わんばかりに強い快感を与えられ、意識が一瞬飛んだ。

違う。嘘じゃない。俺はこんなこと望んでるわけじゃない。

肉体がどんどん追い詰められていって、都和は自分に言い訳しなければ正気を保っていられそうになかった。部下二人にこんなことをされているという現実が信じられない。いっそ夢だと言って欲しかった。

「…っん、ん！　あっ、あっ⁉」

その瞬間、身体の深いところまで快感が差し込んできたような感じがして、都和の身体が大きく震える。彼らに好き勝手に乳首を弄られ、感度を上げてしまったそこは、身体中で快楽を得てしまうようになってしまった。

「ああ、やぁあ、あ、やめ、そこっ…！」

「うん…？　もしかして、乳首でイきそうになってますか？」

藤本が固い粒《つぶ》を舌先で転がしながら聞いてきた。都和はどうにかして声を抑えようとするのだが、胸の先から感じる刺激がダイレクトに股間に伝わって、我慢《がまん》ができない。腰も勝手に動いてしまう。

「主任、乳首だけでイっちゃうなんて、そんなやらしいことしないですよね？」

渋谷の笑い混じりの声。彼は舌先で都和の乳暈を焦らすようになぞり、時折、突起に吸いついたりしていた。その度に、背筋にぞくぞくと波が這い上がる。

「ああっ、そんなっ、そんな……っ」

　都和は激しく首を振った。このままでは、渋谷の言う通りになりそうだった。ぶるぶると全身が震え、脚のつま先がシーツを蹴《け》る。執拗《しつよう》に虐められている突起は卑猥《ひわい》に色づいて限界まで膨《ふく》らみ、今にもはち切れそうになっていた。

　こんな感覚は知らない。このままでは、何か自分が認めたくなかったものすら引きずりだされてしまいそうだった。けれど臨界点はどんどん近づいてくる。彼らに抗いたくとも、もう力が入らない。

「ん、ひゃ……、ぁううっ！」

　まるで女のような声が出てしまって、都和は恥ずかしさに顔を歪《ゆが》める。どうしよう、笑われる――――と怯えたが、彼らは意外にも馬鹿にしたりはしなかった。そのかわり、もっとタチが悪かったが。

「めちゃくちゃ可愛いっすね、主任。そんな声出されたら、すげえ興奮します」

「俺たちに可愛がって欲しくて、そんな可愛い声出すんですね？」

「や、ち、ちが、あっ！　あ、あぁあぁあ…っ！」

　じゅる、と音がするほどに両側の乳首を吸われ、しゃぶられて、都和は喉を反《そ》らせる。腰の奥に電流が走った、と思った瞬間、射精感が込み上げてきた。触れられていないのに、脚の間が気持ちよくなる。嘘だ。どうして。

「んん、ひぃぃいい…っ！」

腰がせり上がり、そそり立ったものから白蜜が弾《はじ》けた。びくん、びくん、と尻が勝手に揺れる。乳首での初めての絶頂は身体の芯《しん》がもの凄《すご》く切なくて、射精した後の爽快感《そうかいかん》がない。だからいつまでも肉体に快感が色濃く残った。

「――――乳首でイっちゃって、エッチですね、主任は」

「ん、やぁ……あぁっ」

渋谷の声が鼓膜《こまく》をくすぐって、都和は身を捩る。すると、藤本の手が頭を撫でていった。

「ここでイくの、初めてでした？　感想を聞かせてください」

「そん、なこと、言える、か…っ！　は、あ、んぁあっ」

達したばかりの胸の突起《とっき》を、今度は指先でくすぐられて悶絶《もんぜつ》する。今の状態では、ほんの少しの刺激すら耐えられないというのに、彼らの指は都和の乳首にねっとりと刺激を与えた。

「ほら、言わないとずっとこのままですよ。朝まで主任の乳首だけ、うんと虐めてあげましょうか」

「ああっいやだっ、そん、なのっ…！」

ずっとここだけで感じさせられるのはつらすぎる。けれど、それは身体の他の部分も愛撫してくれとねだるのと同意なのだ。

「俺たちは別に構わないっすよ。主任の乳首、可愛いし」

「あぁああ…っ」

渋谷の指で胸の突起をきゅう、と摘《つ》まれ、それからやわやわと揉まれてしまう。芯を潰されるような動きに、ずくずくとした疼《うず》きが走った。

もう、どうしても我慢ができない。こんなのは無理だ。

「乳首でイって、どうでした？」

「……っ、変な、感じだった……っ」

都和は二人がかりの責めに耐えられず、とうとう淫《みだ》らな言葉を口にした。

「どんなふうに変？」

「腹の、おくがすごく熱くて……っ、ち、乳首が気持ちいいと…こ、ここも、気持ちよくなるっ……」

「ここって？」

「あ、あ、これっ……！」

その部位だけはどうしても口に出すことは出来ず、都和は腰を上げて股間を突き出した。それも相当に恥ずかしい仕草だったが、都和にしてみれば卑猥な言葉を口走るよりはいくらかマシな行為だった。

「まあ、いいでしょう」

「ええー、藤本さん、甘ーい」

渋谷が不満げな声を上げる。だが藤本は、いつもオフィスで奔放《ほんぽう》になりがちな渋谷をうまく使うことに長《た》けていた。

「いきなりあれこれ要求したら主任も可哀想《かわいそう》だろう？」

「そりゃまあ、俺も鬼じゃないですし？」

都和が会社でそんなふうに噂されていることを引き合いに出して言っているのだろうが、こんなことを強いるのが鬼でないのならなんだ、と言いたかった。

「じゃあ、主任がお待ちかねのところを可愛がってあげますか……、その前に」

「っ、なにっ……！」

急に脚を持ち上げられ、それぞれ膝《ひざ》のところで折り曲げられ、その部分をガウンの帯で縛られてしまう。結果的に、都和は両腕を縛られ、そして両脚は閉じられないように戒《いまし》められて、まるでM字を描くような格好で固定されてしまった。

――なんて、ことを……！

あまりの屈辱に、都和の身体がカアッと燃える。そんな都和を、彼らは満足げに見下ろした。

「あの宮城主任がこんなスケベな姿になってるなんて、尊《とうと》すぎるっしょ」

「同感だな」

「お、まえっ、たちっ……！」

怒りでわなわなと身体が震える。だが同時に、身体の芯が熱く疼いていることも自覚していた。そのことに自身で愕然《がくぜん》とする。こんなひどいことをされているのに。

「怒った顔も、いつも通り綺麗ですね。宮城主任」

藤本の声は、変わらずに甘い。

「勘違《かんちが》いしないで欲しいんですけど、俺たち主任が嫌いだからこんなことしてるんじゃないですよ。むしろ大好きなんで。だから悦ばせてあげたいっつうか」

にやりと笑う渋谷の表情は、これまで見たこともないくらいに雄《おす》くさかった。都和の胸が、これまでとは違う意味でどきどきと高鳴る。

「わかってもらえるように、誠心誠意《せいしんせいい》努めますね」

都和の腰の下に枕《まくら》が押し込まれた。ただでさえ恥ずかしい格好にされている下肢を持ち上げられたかと思うと、藤本の頭がそこに沈み込む。――あろうことか、双丘の奥のほうに、舌先が伸びていった。

「――ひっ」

ぬるん、とした、熱く濡《ぬ》れた感触。肉環を丁寧に舐められて、都和の腰が震えた。そんなところを舐められるなんて思ってもみなくて、羞恥と、そして無視できない快感に泣くような声を上げてしまう。

「い、や、やだぁっ…、あっやめっ…、ぁあ、ああっ、んっ！」

くすぐったいような、痺れるような、得も言われぬ感覚。藤本の舌がそこで蠢《うごめ》く度に、都和の内部が収縮する。

「気持ちいいですか？　主任」

「あっ、あっ、なんでっ…そんなことっ……」

「今日はここに俺たちを挿《い》れるんですから、とろとろにしておかないとダメでしょう」

やはり犯されるのだ。そう思った時、藤本が舐めている後孔がきゅうっと締まった。期待しているのだと、そう思われたら恥ずかしい。それなのに、勝手にひくつくのが止まらない。

そして長い間放っておかれた股間のものに、とうとう責めの手が伸ばされた。

「ふあ、んんぅうっ」

渋谷の手が、都和のものを握り、根元からゆっくりと扱き出す。待ちわびた刺激に、身体がカアッと燃え上がるようだった。後ろへの刺激と相まって、経験したことのないほどの悦楽《えつらく》と興奮に身を灼《や》かれる。

「主任、ここ、すげえ…。女の子みたいにぐちょぐちょじゃないすか」

「や、ア、んんっ！　あっ、あぁぁあ」

身体が仰《の》け反《ぞ》り、背中がシーツから浮く。後孔を舐められながら前も擦り上げられ、都和はもうどうしたらいいのかわからなかった。快感の逃がし方がわからず、すべての刺激をまともに受け止めさせられる。

「っ、ああっ、も、ア、だ…めっ」

下から扱かれたかと思うと、先端を掌で包み込まれてくるくると回された。そんなことをされたらたまったものではない。込み上げる絶頂感に、切羽詰《せっぱつ》まった声が漏れる。拘束《こうそく》された両脚がぶるぶると震えた。

「イっちゃいます？　気持ちいい？」

「ふあっ…あ…あっ！　い、く…っ、んっあっ！　いぃ……っ！　あ――――…っ」

身体の芯が灼けつくような極みに、都和は悲鳴を上げた。淫らな言葉を口にすると、よけいに感じるような気がする。男二人に拘束され、身動きもろくにできない状況と恥ずかしい格好で、なすすべもなくイかされる。そんなひどいことをされているのに。

どぷっ、と、渋谷の手の中で都和の白蜜が弾ける。

「ああ、いっぱい出ましたね。いい子いい子」

「んん、はあっ、やっ…んう」

年下で役職が下の渋谷に、まるであやすように褒《ほ》められ、達した直後のものをぬるぬると扱かれる。悔しいのに、身体中がぞくぞくした。さらに藤本の舌が肉環をこじ開けて肉洞に挿入《そうにゅう》され、都和は啼泣《ていきゅう》する。

「あぁぁあ」

下肢が不規則に痙攣《けいれん》した。あまりの快楽に、思考が灼き切れそうだ。

「中に欲しそうですね」

「……っ」

ほんの入り口しか舐めてもらえず、都和の下腹はきゅうきゅうと疼いていた。どうされれば満たされるのかはわかってはいるが、認めたくはない。だが彼らはそんな都和に、更に追い打ちをかけてきた。

「渋谷、今度はお前が舐めてやれ」

「うっす」

「えっ、あ、あぁぁああっ」

股間のものが、熱く濡れた感触で包み込まれ、強く弱く吸われる。渋谷が都和のものを口に含んだのだ。鋭敏《えいびん》になっているものにねっとりと舌全体が絡みつき、裏筋を擦るようにして舐め上げられる。

「あ、ひっ、あっ、あぁ――……っ」

（こし、とける）

感じる器官を容赦なく口淫され、吸われて、下半身がじゅわじゅわと蕩けていくようだった。開脚で固定されて脚を閉じることがまったくできないので、都和のものは渋谷のなすがままに弄《もてあそ》ばれる。

「うっ、う、あ、あ、ああぁあっ」

陰茎の刺激に酔いしれていた都和に、ふいに違う種類の快感が与えられる。藤本の指が、肉環をこじ開けて中に入ってきたのだ。これまでさんざん疼いていた媚肉をかき分けられ、擦られて、身体の奥底から耐えがたい感覚がわき上がってくる。

「あっんあっ、…はああ、は…っ！」

「さすが主任…、優秀ですね。こんなに指に絡みついてくる…。じゃあ、もう一本、呑み込めますよね」

「ああ、やぁあっ、くぁぁあ…っ」

体内の質量が増して、都和の肉洞が広げられた。媚肉が引き攣《ひつ》れるような快感に、脚の指がきゅうっと内側に曲がる。前は相変わらず渋谷にしゃぶられていて、たまったものではなかった。

「動かしますよ。力を抜いて……」

藤本の指が、ゆっくりと肉洞の中を前後する。すると下腹が煮《に》えるような熱い感覚が走った。

「ひぃ…ああ…っ」

びくびくと内壁が震える。

「ああ――――あ、そんなっ、あ、両方は…だめ、だ…っ」

前と後ろを同時に責められるのに耐えられなくて、都和は哀願《あいがん》めいた言葉を漏らす。だが彼らが聞き入れてくれることはなかった。都和は波のように襲《おそ》ってくる快楽に悶え、泣き出してしまう。

「んうぅっ、あっ、あ――――っ！」

都和は少しも快楽に抗うことができずに絶頂に達する。その時に弾けた白蜜は、渋谷が丁寧に舐《な》め尽《つ》くした。濡れた先端を舐め回されて、また身悶えてしまう。肉洞は藤本の指でかき回される度に、くちゅくちゅと音を立てた。

「んぅう…っ、あ…っああ、も、もう……っ」

「だめだめ。まだ我慢して」

「そう、このまま後二、三回はイってもらいましょうか」

そんな、と都和は涙に濡れた目を見開く。だが、その条件はすぐにクリアすることができた。都和が簡単に達してしまったからだ。

「すっかりイき癖《ぐせ》がつきましたね」

藤本の言葉も、よく理解できない。身体中がじんじんと脈打《みゃくう》っていた。

「そろそろ、俺たちのものになってもらいましょうか」

充血してふっくらと色づいた後孔の入り口に何かが押し当てられ、その熱さにはっと我に返る。藤本が自身を取り出し、今まさに都和を犯そうとしていたのだ。

「そ、それだけは、やめろ…！」

挿れられてしまったら、もう取り返しがつかない。そんな予感がした。だが、身を引こうとした都和の身体を後ろから起こし、渋谷が耳元で囁いた。

「今更《いまさら》何言ってるんです？　俺たちもう、主任をブチ犯そうって決めてここに連れ込んだんですから。覚悟決めて、ひんひん泣いてくださいよ」

「大丈夫ですよ。最高に気持ちよくなるはずです。これだけ手間暇《てまひま》かけて可愛がったんですから」

「あ、あ……！」

都和は文字通り手も足も出ない状態だ。為《な》す術《すべ》もなく、藤本の剛直を呑み込まされてしまう。張り出した先端が、ぬぐ、と肉環をこじ開けた。

「ひ――」

執拗に解《ほぐ》された肉洞は、さしたる抵抗もなく男のものを受け入れていく。

「よく見てください主任。あなたのここが、俺のものを嬉《うれ》しそうに頬張《ほおば》っていく」

穏《おだ》やかな外見とは裏腹の猛々《たけだけ》しいものに、都和は犯されていった。ずぶずぶと音を立てて這《は》入《い》ってくるそれは、肉壁を擦り、奥へと埋《う》まっていく。

「あう、うっ、うぁあぁ…あ……っ」

快楽の壺《つぼ》を貫《つらぬ》かれ、ようやく満たされた。欲しいところまで届いてくれる男根は、都和に激しい快感をもたらす。

「熱いですね…火傷《やけど》しそうです」

藤本の、ため息まじりの声が聞こえる。都和は全身をぶるぶると震わせ、答えることができなかった。自分の中がひっきりなしに収縮して藤本を締めつけている。彼の男根の形がはっきりとわかった。

「大丈夫そうですね…動きますよ」

「あっ、待てっ、あっ、あっ！　――――っ！」

挿れられただけでもたまらないのに、これで動かれてしまったらどうなるかわからない。そう思って都和は藤本を制したのだが、男は無慈悲《むじひ》に都和の中を突き上げた。

「んくうぅうっ、あっ、あっ！　ひ、ぁあぁんんっ！」

都和は途方もなく卑猥な声で喘ぐ。一突きごとに脳天まで快感が突き抜けて、止めることができない。

「すげ…、主任、めっちゃエロい…」

背後から都和を抱きしめている渋谷が、感嘆《かんたん》したように囁いた。彼は都和の乳首を捕らえると、指先でくりくりと弄ぶ。

「あっ、ああっ、ぃいっ」

同時に乳首を刺激され、都和は背を反らして反応した。渋谷の肩に後頭部を乗せ、正気を失ったように喘ぐ。

藤本の抽挿《ちゅうそう》にわななくだけだった腰が、少しずつ揺れてきた。

「ああ…、主任、素晴らしいですよ…」

「ん、ぅ…うっ」

　頭を摑まれ、藤本に口づけされる。舌を吸われると頭が真っ白になりそうだった。都和はいつしか、自分から舌を突き出して彼の口吸いに応える。身体の内も外も、どこもかしこも気持ちよくて、こんな異常な状況なのに、次第に恍惚となってしまう。最初にねっとりと虐められた乳首もまた刺激されてしまって、びくびくと全身が震えた。

「ふぁっ、アっ！　あんぅう……っ」

　奥まで挿れられてしまって、それなのに痛みらしい痛みは感じない。困ったことに、快楽のほうが大きかった。背後の渋谷にすっかり身体を預けて、時折、甘えるように頭を擦りつける。

　どうしてこんなこと。

「主任、身体真っ赤っすよ。可愛い」

「や、言う…なぁ…っ」

　都和は身体中を火照らせ、その肌を上気させていた。興奮しきっていると彼らに教えているようで、いたたまれない。

　藤本を受け入れている繫《つな》ぎ目からは、ぐぽっ、ぐぽっ、と、耳を覆いたくなるほどに卑猥な音が漏れている。

「そ、そこ、や、あ…っ」

「うん…？　ここ、ですか？」

藤本に突き上げられる度に、泣き叫びたくなるくらいに感じてしまう場所がいくつかあって、そこを擦られるのが耐えがたかった。だから屈辱を呑んで哀願したのに、彼はますます丁寧にそこを男根で捏《こ》ねてくる。

「あっ、あっ！　んんあぁああぁ…っ」

身体を灼かれるような快感に、都和は腰を痙攣させて泣き喘いだ。

「気持ちいいんですね。可愛いですよ」

「ひぃ…あぁっ」

悔しい。それなのに気持ちいい。

身体の奥底から大きな波がどんどんせり上がってきて、手に負えなくなる。こわい。こんなに感じた記憶がないから。

「大丈夫ですよ」

快楽に怯える都和に、藤本が囁いた。

「主任はこれから、俺たちに可愛がられて何度もイくんです。これまでも気持ちよかったでしょう？　何も怖くないですよ」

「俺たちにも、主任の今まで見せたことのない顔とか、教えてください。まあ、嫌だっつっても無理やり見ますけど」

「な、あっ、い、や…っ、あっいやっ、――――っ、んぁあぁぁあっ」

男達の勝手な言い分に何か反論したかったが、強烈《きょうれつ》な絶頂がやってきた。都和は縛られた身体を仰け反らせ、その瞬間も乳首を転がされながら肉洞の奥で達する。脚の間で張り詰めていたものから、白蜜が弾けて下腹を濡らした。そして体内の藤本を強く締めつける。

「くっ…、主任…っ！」

「――――あ、ア、あ…！」

内壁にどくどくと注《そそ》がれる熱い飛沫《しぶき》。それを感じる度に、都和の身体がびくびくとわななた。意識が白く灼けつく。藤本の指が、都和の尻に強く食い込んだ。

「――――ふう…っ」

やがて藤本が長いため息をつく。体内から男根がゆっくりと引きずり出される感覚に、また背筋が震えた。犯されてしまった。ましてやその行為で、言い訳もできないほど強烈な絶頂を遂《と》げてしまった。

動画を撮られた時も、身体の状態から犯されはしたのだろう。だが、あの時の都和は記憶がなく、セックスしているという感覚をこれ以上なく味わわされたのは今が初めてだった。

「うっ…！」

ぬぷ、という音と共に、藤本のものが抜かれる。その生々《なまなま》しい感覚に、都和は思わず喘いだ。

彼らは次に都和の両膝を拘束している紐《ひも》を解き始める。固定されていた膝が解放されて、心地よさに、ほうっとため息をついた。

「少し痕《あと》がついてしまいましたね」

藤本が、都和の膝頭を優しく撫でる。

「俺らの痕跡つけたって感じで、興奮しません？」

「それは確かにな」

笑いを含んだ声で会話する男達に、もう言い返すこともできなかった。まだ身体が震えている。すると唐突に両膝の下に手を入れられ、腰が持ち上げられた。たった今まで犯されていた後孔に、渋谷のものが押しつけられる。

「次は俺っすよ」

「あ、あ！」

まだ腕は縛られたままで、都和は有無を言わさず渋谷のものを咥えさせられた。

「ほ～ら、入っちゃいますよ～」

「んあ、あ、あぁぁあ」

ずぶずぶと音を立てながら渋谷のそれが挿入されていく。体内に藤本の白濁を注がれているので、さっきよりも更に楽に呑み込んでいった。内壁を擦られていく毎に、ぞくぞくとした波が背中を走る。

「信じらんねー…、俺が主任を犯してる……」

「な、に…、今更…っ、あ…っ！」

これまでさんざん都和にしてきたことは、何だと言うのか。

「ま、それもそうっすね。じゃあ、遠慮《えんりょ》なくいきますよ」

「ま、待て、あ、あっ、ああんんっ！」

ずうん、と突き上げられて、都和の喉からあられもない声が漏れた。その反応を見て大丈夫だと判断したのか、渋谷は立て続けに都和の奥にぶち当ててくる。たった今、中で極めて、そこで感じることを覚えてしまったのか、都和は再び快感に狂わされることとなった。濡れてわななく媚肉を、若い雄に捏ね回され、かき回される。時折、最奥をぐりぐりと抉《えぐ》られて、都和はその度に両脚を痙攣させた。

「あ…っ、あっ…、あぁあ————…っ」

身悶えるその様子を、目の前で藤本に見られている。彼には大きく広げられた股間でそそり立つ屹立《きつりつ》も、渋谷のものを呑み込んでヒクつく肉環も、すっかり見られている。恥ずかしくてたまらず、それなのに身体は燃えた。

「すっかりお尻で感じていますね」

「あっ、あっ、見るな…っ、あっ」

「ここも、さっきから涎《よだれ》を垂《た》らして、構《かま》って欲しそうだ」

藤本の頭が、都和の股間に沈められる。まさか、と濡れた瞳が見開かれた。ぬるり、と熱い感触が屹立を包み、生き物のように動く舌が絡みついてくる。

「ひぃ…っ、く、ひぃ――――…っ」

　腰が浮く。後ろを犯されながら前も吸われるなんて、耐えられるものではなかった。引き締まった下腹に、さざ波のように幾度《いくど》も震えが走る。

「ああっ、ああっ！　ふあっ…あぅうんっ…！」

「うわ…っ、きつすぎっ…！」

　体内の渋谷を思いきり締め上げてしまって、後ろから彼の切羽詰まった声が聞こえた。だが、都和のほうもそれどころではない。前と後ろを同時に責められて、強すぎる快感を受け止められない。気持ちがよすぎて苦しい。

「あ…っ、ひぃあ……っ」

　陰茎の先端をそりそりと舐められて、気が遠くなりそうだった。奥の感じるところも渋谷に暴《あば》かれ、ダメだと言っているのにぐりぐりと捏ね回されて、死にそうに喘ぐ。

「も、イく…っ、あっあっ、イくぅうっ…！」

「すごいっすね、主任…、いつもあんなに澄《す》ましてて、厳しい顔してるのにさ。スケベなことされてこんなに悦んで」

「ああ――――…っ」

　言葉で嬲られるのにも感じた。恥ずかしくて、苦しくて、つらいのに、気持ちいい。

「こうされたかったんでしょう？　宮城主任。男に縛られて、虐められて、犯されたかったんですよね？」

「や、ちが…っ、あ、んんんんっ！」

否定すると、男達はより強い刺激を都和に送り込む。その度に悲鳴を上げさせられ、都和はいつしか屈服《くっぷく》していった。他人が入り込めないように、そして侮られないように自分を覆《おお》っていた固い殻《から》が、彼らによってひびを入れられ、ぼろぼろと零《こぼ》れ落ちていく。

「主任、俺もイきます、中で、出して、いいですよね…？」

「あっ！　やぁっ…だ、あっ」

嫌だと口走りつつも、都和はひどく興奮した。媚肉が蠢いて渋谷のものを取り込み、奥へと誘っていく。

「くっ…そ、ありえねえっ…！」

「あっ、あっ！」

背後で渋谷が悪態《あくたい》をつくような言葉を吐き捨てたかと思うと、内奥に熱いものが叩きつけられた。腹の中を満たすその感覚に、都和は喉を反らして啼泣する。藤本に口淫されているものの先端から白蜜が弾け、それはすべて飲み干された。

「ふぁあああっ、あぁ――――…っ」

高い嬌声《きょうせい》が切れ切れに上がる。口の端から唾液《だえき》が零れ、顎《あご》から喉に伝っていった。

「あっ……あっ」

渋谷が自分の欲望を最後の一滴《いってき》まで注ぎ終わった時、都和は全身の力が抜けて、がくりと項垂れる。すると、背中で腕の戒めが解かれる気配がした。長時間固定されていた腕を急に自由にされても、うまく動かない。すると藤本と渋谷がそっとさすってくれた。

「大丈夫ですか？」

「痛めないように縛ったつもりですけど」

今までさんざん無体を働いたくせに、急に気遣いだすなんてどういうつもりだ。

都和は文句を言おうと口を開いたが、ふいに仰向《あおむ》けに転がされて、藤本がのし掛かってきたのに呆然とした。

「……何ですか？」

「次はまた俺が挿れる番なので」

「……まだするのか？」

これで終わりじゃなかったのか。都和が慌てて起き上がろうとすると、上から渋谷にやんわりと押さえつけられた。

「やだなあ、主任。あれで終わりなんて、んなことあるわけないっしょ」

「もう、やめろ、あんなこと、もう」

あんなすごいこと、これ以上されたら、きっと保たない。

さっきの自分の痴態《ちたい》を思い出し、都和はこれ以上みっともない姿は晒せないと思った。

「大丈夫ですよ。今度はもっと気持ちよくしますから」

さんざん犯された後孔の入り口に、熱くて固いものがぴたりと当てられる。藤本の剛直だ。

「あ、や、だめ、だめ…だ…っ、あぁぁ……っ」

またしても肉環をこじ開けられ、都和はたまらずに喘ぐ。渋谷の両手の指が脇腹《わきばら》をつつうっとなぞり上げた。ぞくぞくとわないて、力が抜けてしまう。

「んふっ…、ふうぅっ」

「とりあえず、足腰立たなくなるのは覚悟してもらいますからね」

渋谷の悪戯《いたずら》っぽい、だが物騒な内容の囁きが耳に注ぎ込まれた。

都和は、ああ…、と嘆くようなため息を吐き、それでも身体の奥を熱く疼かせた。

月曜の朝は誰しも気が重い。それは都和とて同じだった。ただ、この数年間、自分と他人を厳しく律して過ごしてきたので、強靱《きょうじん》な意志の力を持って気持ちを奮《ふる》い立《た》たせていただけだ。

だが、その週の月曜は、さすがの都和も心と体の重たさを隠しきれない。

「おはようございます。宮城主任」

「ああ、おはよう」

派遣社員の駒田が折り目正しく都和に挨拶をした。いつも通りに返したつもりだが、彼女は何かに気づいたようだった。

「主任、お身体の具合でも悪いんですか?」

「……え?」

「ちょっと、お疲れに見えるので……」

他人にもそんなふうに見えるほど、今の自分はひどいのだろうか。

金曜日に藤本と渋谷にホテルに連れ込まれた都和は、あの後、朝方まで抱かれた。ホテルを出てやっと解放されると思ったのだが、その後で藤本の部屋に連れていかれ、行為の続きが行われた。彼らは尽きることのない体力で都和を責め抜く。眠る時と食事をしている時以外は、ずっと卑猥なことをされ、都和の意識と理性は曖昧になった。そしてようやっと許され、家まで送られたのが日曜の午後。自宅に辿《たど》り着いた都和は、それからベッドに倒れ込み、泥《どろ》のように眠った。体力は回復したはずなのに、身体の芯にまだ鈍く気怠《けだる》さが残っている。誰かの痕跡が、こんなに色濃く残っているなんて。

「……いや、問題ない。大丈夫だ」

「そうですか」

駒田は小さく微笑んで、軽く会釈をすると自分のデスクに戻っていった。その背中を横目で追いつつも、都和は小さな違和感を覚える。

これまで、都和の体調を誰かが気遣ったことなどあったろうか。

自分が怖がられて、多くの社員に遠巻きに見られていることは自覚があった。

この週末に自分の身に起こった出来事によって、都和の中の何かが変わってしまったのだろうか。それは他の者にも顕著に伝わってしまうほどのものなのだろうか。

「―――」

恐ろしい、と思った。

あの夜のことは自身にとっても強烈な出来事だった。まさか彼らがあんなことをしてくるとは、夢にも思わなかった。いや―――、普通は思わないだろう。

最中の都和は、思い出すのも憚《はばか》られるほどひどい痴態を晒した。プライドも何もあったものではなかった。快楽に屈服し、縛られて興奮し、淫らな喘ぎと言葉を垂れ流していた。今はあまり考えないようにしているが、思い出すと死にたくなる。あんな強烈な体験をしてしまったら、何かが変わってもおかしくはない。

（いや――――、違う）

あれは生理的なもので、俺の本質は何も変わってはいない。

殴《なぐ》られれば痛いし、水をかけられれば冷たいと思う。要はそれだけのものなのだ。卑猥なことをされれば、肉体だって卑猥に反応してしまう。きっとそうなのだ。

（忘れよう）

あの時と同じように、俺は忘れる。大丈夫だ。今までだって、そうしてきたんだから。

PCを立ち上げ、メールをチェックすると、週明けのいつものごとく、多量のメールが届いていた。都和はそれらを手際《てぎわ》よく処理《しょり》していく。

その中に、課長の杉下からのメールがあった。

先週、都和が投げかけた、来年度の新入社員の研修メニューの件だった。添付ファイルを開き、内容に目を通す。都和の秀麗《しゅうれい》な眉の間に、皺《しわ》が寄った。ひとつため息をついて、席を立つ。

「課長」

「うん？」

杉下はのんびりとニュースサイトなどを見ていた。

「先週お願いしていました研修メニューの件ですが、あれでは不適切かと」

「どうして？　君の案を元に作成したんだよ」

都和はそっとため息をついた。杉下が送ってきたものは、都和の作った叩き台に、お情け程度に手を入れただけのものだった。それなら、最初に君にまかせる、と言ってくれればいい。

都和は杉下が自分で作る、と言ったから、これまで待っていたのだ。

「……では、こちらで問題ないということですね」

都和の声は氷点下にまで冷え切っていたと思う。周りの社員達が、こちらを伺《うかが》うように視線を投げてきた。

「そうだね」

だが、杉下はそんな都和の態度など一向に気づかない様子で、こちらを見上げてくる。

「――わかりました」

都和は頷《うなず》き、デスクへと戻ろうとした。

「ああ、宮城君」

「はい」

振り返った都和に、杉下は気遣うような表情を見せる。

「今日はいつもと感じが違うけど、体調悪いとかじゃないよね？」

「……特に問題ありませんが、どう違うのでしょうか」

先ほど駒田に指摘され、今度は杉下だ。都和は背中に冷たいものが這い上がってくるのを感じながら、いつものように、冷静に答える。

「なんだかちょっと気怠そうに見えるよ。色っぽいっていうか」

その瞬間、近くにいた社員の何人かがこっそり吹き出《ふだ》すのを見て、都和の頬がカッと熱くなった。

「課長。それは同性間でもセクハラに当たります。気をつけてください」

「ん、ああ…、そうだね。悪かったよ」

杉下は都和のそんな口調には慣れっこになっているのか、やんわりと受け流す。都和は憤然《ふんぜん》としてデスクに戻った。キーを叩く音が、いささか荒々《あらあら》しかったかもしれない。


昼休みに社内のカフェで紅茶を飲み、ぼんやりとスマホでネットを見る。だが都和の指はニュースの見出しをいたずらにスクロールするばかりだった。

今日も彼らは会社に来ているのだろうか。この建物のどこかに、週末の間、都和をずっと責《せ》め苛《さいな》んでいた男達がいる――――。そう思うと、いてもたってもいられない気分になってきて、都和は慌ててそれを抑え込む。そんなことを、もう何度も繰り返していた。

何故《なぜ》、あいつらはあんなことを。

単に都和のことが気に入らなかっただけならば、あんなに手間暇をかけたことをする必要はないだろう。彼らは、むしろ自分の欲望を後回しにしてまで都和を弄んでいた。まるでこちらの性癖を探るかのように。

――――まさか、また動画でも撮られたか？

その可能性に思い当たり、都和は足元の温度がすうっと冷えていく感覚に襲われる。あの週末、最後のほうは意識が飛び飛びになっていた。都和が自失していた間、何かで記録されていたとしたら、わからない。

確認しなければ。

都和が顔を上げると、目の前に、今まさに捕まえようとしていた当人達がいた。

「――――っ」

「お疲れ様です。宮城主任」

「うっす」

制作部の二人、実直で人当たりのいい藤本と、天才肌の渋谷。週末に都和を嬲った男達。

「……何か用か」

都和が警戒心《けいかいしん》も露わに低く告げると、藤本は片手を都和が座るテーブルについてやや身をかがめてくる。都和は本能的に身体を硬くした。

「週末は、楽しい時間をありがとうございました」

「……殴られたいのか」

都和は押し殺したような声で返す。年上の藤本に対し、敬語を使うのも忘れた。藤本は小さく笑って身を引く。

「やぶさかではないですが、ここでは騒ぎになってしまいますからやめておきましょう」

都和は素早く辺りを見回した。都和の近くの席には人はいない。少し離れたところにいる社員達は、誰もこちらに関心を持ってはいないようで、少しほっとする。

「今日の主任、めちゃめちゃ可愛いっすね」

「どこがだ」

それだ。今日、何度か指摘された。都和には自覚がないが、それだけに、自分が変わってしまっているというのが怖い。

「うーん……。なんつーか、隙が出来たって感じですかね」

「なんだと……」

都和は少なからずショックを受けた。それは、堕落《だらく》したということではないだろうか。原因はひとつしか考えられない。この週末の出来事で、都和は他人から見てもわかるほどに変えられてしまったのだ。

「そんな顔をしないでくださいよ」

藤本が都和を見て困ったように微笑む。

「また虐めたくなってしまいます」

「っ」

その言葉に、びくり、と身体が反応して竦んだ。都和が信じたくなくとも、肉体は覚えてしまっているのだ。彼らと何をしたのかを。

「何が目的なんだ…。俺を、どうしたいんだ」

「言ったじゃないですか。俺たち、主任のことが好きなんですよ」

「ふざけるな」

渋谷の声に、都和は食い気味《ぎみ》に返した。

「そんなことあるはずがない。だって、あんな――」

「ここでそういう話してもいいんですか？　もうすぐ昼休み、終わりますけど」

肩を竦める渋谷に、都和はハッとして時計を見る。あと五分で午後の業務が始まってしまう。

「また今度会った時に、おいおい話しましょう」

じゃあ、と藤本が背を向けてその場から離れ、渋谷もその後についていく。都和は待て、と言いそうになるのを堪えながらそれを見送り、冷めてしまった紅茶を飲み干した。

月末近くになると業務がどうしても重なってしまう。締め日がいくつもあるからだ。

都和はその日、昼間終わらなかった業務を片付けていた。いつしかフロアには誰もいなくなり、都和だけが残っている。ようやくきりのいいところまで終わって、端末に保存をかけた。

ふう、と大きく息をつく。

――あれから、彼らと会っていない。

部署が違うと、何か用事でもなければそう顔を合わせるものでもない。週が変わり、都和もあの週末の衝撃から少しずつ立ち直ってきていた。誰かがミスをすれば厳しく指摘し、自分にも高い目標を掲げる。いつもの、陰《かげ》で雪の女王と揶揄《やゆ》されている都和だ。

(あれきりにするつもりだろうか)

ふと、彼らのことを考えている。おいおいまた、と言っていた。けれどあれから、もう一週間も経つ――。

「っ」

何を考えている。あれきりなら、それは願ったりじゃないか。

もうあんなことはしない。俺はもう、惑《まど》わされたりしないんだ。

「……帰ろう」

そう独りごちて、立ち上がろうとした。

「あれ、主任、まだ残ってたんすか？」

「宮城主任、お疲れ様です」

都和の心臓が跳《は》ね上《あ》がる。たった今、藤本と渋谷のことを考えていた。そんな時に、何故、目の前に現れるのだろう。

「……どうしてここに」

「俺たちも残業だったんですけど、今終わって、主任がどうしてるかと思いまして」

「もう帰るところだ。君たちもさっさと帰れ」

「あ、じゃあ、仕事終わったんですね」

渋谷が弾むような声を上げる。ふと、嫌な予感がした。

「この間、あんまり楽しかったので、つい思い出を残してしまいました」

藤本がスマホを開いて、写真フォルダを開ける。差し出されたそれが目に入った時、都和は息を呑んだ。

「お、まえ——————！」

「どこにもバラ巻いたりしないので安心してください。もちろん、ネットになんか上げませんよ」

それは都和の局部の画像だった。つるりとした無毛地帯。開かれた股間は愛液にまみれていて、その中心にそそり立った陰茎がある。間違いなく、都和のものだ。覚えのある恥辱《ちじょく》が蘇って、カアッと身体を灼く。

「消せ」

「お断りします」

藤本は画面を閉じ、スマホを仕舞った。それを奪い取ろうとして伸ばした手を、逆に捕らえられる。

「――一週間、待ってました？」

耳に唇を近づけられ、低く囁かれた。鼓膜を愛撫するような響きに、びくりと身体が震える。

――しまった。

都和は彼らに、再び捕まってしまったのだ。それに気づいた時、背後から渋谷が都和の腰に腕を回し、首筋に顔を埋めてくる。ぞくり、とする感覚が背筋を走った。

「やめろ」

精一杯拒絶《きょぜつ》したつもりだった。けれど、声が震えてしまう。あの時の快感が、身体の中で目覚めようと頭をもたげてくる。

「ギャップ萌《も》え、ってあると思うんですよね」

渋谷が都和の首に軽く歯を立てた。

「昼間は厳しい鬼の主任。でも夜は超淫乱に男を咥え込む、なんて、王道中の王道じゃないですか」

「何を馬鹿なこと言って――――、誰か来たらどうする、離せ」

「誰も来ませんよ」

藤本の手が、シャツの上からゆっくりと都和の身体を這う。

「みんな帰りましたし、さっきドアの鍵《かぎ》も閉めました」

「な――――」

まさか、ここで？　と、都和は藤本を問いかけるように見やった。彼はいつもの、穏やかで他者を安心させるような笑みを返す。だがそれは、都和の胸を激しく動揺させるものでしかなかった。

「主任がいつも仕事しているデスクでいやらしいことをしたら、すごく興奮すると思いまして」

「冗談じゃない。馬鹿なことはやめろ！」

そんなことをしたら、きっとここに座って仕事をする度に思い出してしまう。絶対に嫌だ。

都和の理性はそんなふうに訴《うった》えている。けれど。

「んんっ……！」

後ろから顎を摑まれ、渋谷に口を塞《ふさ》がれた。熱い舌に絡め取られ、強引に口腔《こうこう》を舐められて、頭の中がかき乱される。

「……っは」

くちゅ、という音をさせて舌が離れると、今度は藤本に口づけられた。感じる粘膜を吸われ、舐め上げられて、足元から力が抜けていく。

「……ほら、とてもいやらしい顔になった」

都和は口づけられただけで恍惚となってしまった。ここでこんなことをするなんて、とんでもないのに。

「…んっ、や、だ……っ」

渋谷の手がシャツをまくり上げ、直《じか》に肌に触れてくる。胸の上でつんと尖っていた乳首を捕らえられ、転がされて、うっ、と声が漏れた。

「キスしただけで乳首勃《た》っちゃったんですか？　やらしい主任さんですね」

「ああ…っ」

抵抗しなければ。都和の中の理性と常識が、必死で訴えてくる。けれど、身体が動かなかった。一週間前に植え付けられた快感が目を覚まし、またあれを味わいたいと縛りつけてくる。

「や、ア、ひどいこと、するな…っ」

悔しさに耐えながら、涙目《なみだめ》になって訴えると、藤本が困ったような顔をして柔《やわ》らかく唇を食《は》んでくる。

「ひどいことはしません。あなたの望むことだけですよ」

こんなこと、望んでなんかいない。

濡れた瞳で藤本を睨みつけたが、否定の言葉は都和の口からは出てこなかった。

「俺、一度これやってみたかったんすよね。主任も、けっこう男のロマンだったんじゃないですか？　こういうのって」

「な、なに、あ……っ！」

都和は自分のデスクの椅子に座らされた。いったい何が始まるのかと戦々兢兢《せんせんきょうきょう》としていると、渋谷がその机の下に入り込み、都和の両脚を開いてくる。ベルトを外し、ファスナーを下ろされ、その中にある都和自身を引き出された。それはもう興奮によって、形を変え始めている。

「ああ、ふうっ……！」

股間のものをぬるりと包み込まれ、熱い粘膜が絡みついてきた。舌全体で裏筋を擦られ、強く弱く吸い上げられる。

「あっ、ああっ、あっ……！」

たまらない快感と羞恥に、都和は椅子の上で身を捩った。デスクの端を強く掴み、刺激に耐えようとする。目を開けていると、自分が普段仕事をしている社内の風景が飛び込んできて、いたたまれなさに死にそうになった。そのためにきつく目を閉じて視界を封じると、口淫の感覚が生々しく感じられてしまう。

「うう…あぁあ……」

両脚がぶるぶると震える。快感を我慢できない。今にも淫らに腰を振ってしまいそうだった。

そしてそんな都和を、藤本が食い入るようにじっと見つめている。

「――主任」

藤本はスマホを取り出した。彼が画面を操作すると、デスクの上の電話が鳴り出す。

「出てください」

彼はスマホを耳に当てていた。電話をかけているのは藤本だろう。いったい、都和に何をさせようというのだろうか。

「電話に出てください」

都和はどうしていいのかわからず、藤本に指示されるまま、震える手で受話器をとった。耳に当てると、彼の声が聞こえてくる。

「――総務部人事課の、宮城主任ですか？」

「――え…？」

何をどうすればいいのかわからない。熱に浮かされた頭が、正解を探そうとぐるぐる巡《めぐ》る。

「宮城主任ですね？」

重ねて問われる。都和は聞かれるままに、はい、と返事をしていた。

「今、何をされていますか？」

「え…っ？　んぁ、ああっ」

じゅるる、と音を立てて先端を吸われ、強烈な刺激に声を上げる。すると、目の前と受話器の向こうから、忍び笑いが聞こえてきた。

「いやらしいことをしているんですか？」

「あ、あ」

断続的な快感を与えられて、都和の腰がガクガクとわななく。同時に、藤本の意図がわかってきた。彼は都和に、卑猥なことを言わせようとしているのだ。羞恥と屈辱に頭の中が沸騰《ふっとう》する。

こんなこと、絶対できない。つい先週までの都和ならそうだったろう。けれど、あの夜の出来事は都和の固く締められた欲望の蛇口《じゃぐち》を開けてしまった。一度緩《ゆる》められたそれは、少し回されただけで容易《たやす》く口を開けてしまう。

「教えてください。今どんな状態なんですか？」

「……っ」

都和は二、三度大きく息をつき、胸を喘がせた。頭がくらくらする。脚の間から込み上げてくる快感が、じわじわと腰骨を溶《と》かしていった。

「……じ、自分の、机で…、あれを、しゃぶられて…るっ」

「あれ？　あれってなんですか？」

藤本に追及されて、都和は泣きそうになる。陰茎を舐めている渋谷の舌が、促すように都和のくびれをつついた。ちろちろとくすぐられて、裏返った声が漏れる。

「ふぁあっ…、――――を、舐められて……っ」

性器を表す言葉を垂れ流して、恥ずかしさに意識がどこかへ飛んでいきそうになった。それなのに全身の感覚が鋭くなり、送られる快感が増してしまう。都和は受話器を握りしめたまま、あっあっ、と腰を揺すった。

「ずいぶん気持ちよさそうですね。どんな感じですか？」

「はあっ…！　あ、腰がっ…、熔《と》けそうでっ…、変になるっ…」

「今、どんなふうに舐められてるんです？」

「…ゆっくり、絡められて…、ああっあんっ、吸われっ…」

じゅう、と全体を強く吸われて、身体の芯が引き抜かれそうな感じがした。都和は椅子に座ったまま仰け反り、空いている手を渋谷の髪に絡める。

「ああ…っ、いっ…く、イく……っ」

「では、こう言ってください。『今夜も虐めてください』と」

都和は嘆くように眉を顰めた。そんなこと、言えるわけない。

だが、じわじわと身体中に広がっていく快感に、都和はもう抗えそうになかった。あの蕩けるような愉悦《ゆえつ》を、この身体はもう知ってしまっているのだ。

「んあっ、い、いじめて、いじめて……くださ…っ」

彼らによって、あらゆる羞恥と快楽を与えられる。それは今の都和にとって、全身で欲しているることだった。

「――よく言えましたね」

藤本がスマホを降ろす。その瞬間、都和のものが渋谷の唇で、ぎゅう、と締められ、先端が淫らに吸い上げられた。

「あ――――！」

思考が真っ白になる。腰骨が甘く痺れ、都和の手から受話器が滑《すべ》り落ちた。がくがくと両膝が跳ねて、渋谷の口の中に白蜜が吐き出される。

「ん――――ふぅ…うっ、あぁ…っ」

精路に残る蜜を一滴も残すまいと吸い上げられて、イったのにまた感じさせられた。都和が出したものをすべて飲み下したらしい渋谷は、ようやっと口を離すと、都和を見上げてへへっ、と笑った。

「相変わらず、めちゃくちゃ反応いいですね、主任」

「……っ」

絶頂の余韻《よいん》にぶるぶる震えている時にそんなふうに煽《あお》られて、思わず涙目になる。取り落とした受話器を藤本が拾い、電話本体に戻してくれた。その大きな掌で頬を撫でられ、びくっ、とわななく。

「あなたは最高に可愛い」

都和をそんなふうに言う者は、この会社に入ってからいなかった。隙を見せてはいけないと思い、いつも厳しい態度と口調でいたから。

「俺らがもっと可愛くしてあげますよ」

脚に力の入らない都和は立たせられ、乱された下肢のスーツを彼らによって脱《ぬ》がされた。

これから、とんでもないことをしようとしている。そう確信しているのに、身体はもうちっとも逃げようとしない。

椅子をどかされ、デスクの上に両手をつかされた都和は、双丘を藤本の手によって開かれるのを感じた。

「ああっ…」

「ひくひくしてる…。興奮したんですね」

「ち、が…っ、ああっ！」

肉環の入り口を指先でくすぐられて、その刺激に喘ぐ。藤本の言う通りだった。中の肉洞はさっきからひっきりなしに収縮している。

「ああ、ふ…っ」

挿れられる。都和は身を竦めて、その瞬間に備えた。だが都和の尻に与えられたのは、もっと違う衝撃だった。

ぴしゃり！　と、肉を打つ音がフロアに響く。

「んああっ！」

尻に火のような熱い感覚が走った。最初何をされたのかわからず、尻を叩かれたのだ、とわかったのは、それが二回、三回と続いたからだった。

「ひっ！　ひあっ！　ふぁあっ！」

断続的に漏れる悲鳴が止められない。痛みというよりは熱く、衝撃の後から、じいん、という疼きにとって変わっていった。

「主任、お尻叩かれてるのに、そんな声出しちゃダメじゃないすか」

渋谷の手が都和の髪を優しく撫でる。デスクについた両腕が力を失い、上体がズルズルと崩《くず》れていく。そうなると、必然的に尻が突き出され、まるで藤本にもっと打ってくれとねだっているような格好になった。

「……もっと叩いて欲しいですか？」

「あ、や……あっ」

大きな手が、打たれて赤くなった双丘を撫でていく。ぞくぞくとした波が背中を這い上っていった。

どうして。信じられない。こんなこと、気持ちいいはずないのに。

「ここ、勃ってますよ」

「んんあっ」

渋谷の手が都和の脚の間に伸び、さっきまで口淫していたものに指先を這わせてくる。そこは興奮しきって頭をもたげ、先端から愛液を滲ませていた。

「やべえっすよ、エロエロじゃん」

「い…言う…なっ」

そんなことを言われても、感じてしまうのだからどうしようもない。藤本に向けられた臀部は細かく震えて、その奥の後孔をひくひくと収縮させていた。

「……主任」

「ひっ」

赤くなった双丘をゆるゆると撫でながら、藤本が低く囁く。

「社内の風紀を守る人事課の主任が、お尻を叩かれて悦んでしまうなんて、問題があるんじゃないですか?」

「ち、がう、悦んで、なんかっ…、んっ、あああっ！　あっ！」

否定の言葉を口にした途端、また強烈な打擲《ちょうちゃく》がやってきて、都和は悲鳴を上げた。熱い衝撃が身体の中まで響いて、身をくねらせてしまう。

「ふうっ…ううっ」

打ち方が止められると、身体中がぞくぞくする波に包まれた。腰の奥が悶えるようにうねって、どうしたらいいのかわからない。都和は自分の身体の変化に激しく動揺し、戸惑《とまど》い、昂《たか》ぶった。

「ああ、こんな…っ」

「主任」

背後から、藤本のどこか優しげな声がする。

「いいんですよ。あなたがどんな性癖でも。曝《さら》け出してください。俺たちは誰にも言いません」

「いつもお堅い主任が、もの凄いマゾだったなんて、むしろ興奮するじゃないですか。俺、好きっす。そういうの」

彼らの、誘導とも誘惑ともとれる言葉に、都和の心は激しく揺れ動いた。

このまま、彼らの言う通り、自分を曝け出してしまいたい衝動に駆《か》られてしまう。そして追い打ちをかけるように、また強く尻を打ち据《す》えられた。

「うぁあっ…！　ああんんっ！」

もはや、苦痛など感じられない声。藤本の大きな掌は、都和の小さな尻を容赦なく張っていった。衝撃が背骨までびりびりと伝わってくる。健気《けなげ》に耐えていた都和の理性はぐずぐずに崩れ、そこにはもはや昼間の厳しい顔はどこにもなかった。

「……そろそろ俺の手も痛くなってきたんですが、もう挿れてもいいですか？」

「……ひっ……うう……っ」

都和は答えられず、啜《すす》り泣くのみだった。すると双丘がぐっ、と開かれて、肉環の入り口に熱いものが押し当てられる。

「ん、くっ……！　んんう――――……っ」

藤本のものがずぶずぶと挿入ってきた。入り口をこじ開けられ、肉洞をかき分けて奥へと進んでくる。感じる粘膜が擦られる毎に、下腹が熔けるような快感が湧《わ》き上がった。

「あ、あっ、あぁぁあ……っ」

彼らに躾けられてしまったそこは、もうすっかり男を受け入れる器官になってしまっている。藤本のものを根元まで受け入れてしまうと、赤く熱を持った双丘を優しく撫で回された。そうされると、全身が総毛《そうけ》立《だ》ったようにぞくぞくとしてしまう。

「ん、あ、あ……っ」

「前の時も思いましたけど、主任の中って、すごく熱いですね。普段の様子からは考えられないくらいですよ」

藤本はそう言って、中を緩く突き上げた。

「ふああっ……！」

弱いところを狙《ねら》ってぶち当てられ、都和はあられもない声を上げる。指先までじわじわと快感が走った。それから藤本はじっくりと腰を使い、都和の媚肉を責め上げてくる。小刻《こきざ》みに動いたかと思えば、入り口から奥のほうまでを大胆《だいたん》に抽挿されて、床についた両脚がぶるぶると震えた。

「あっ……！　はあぁあ…っ、あああんん…っ」

「気持ちいいですか…？」

「んっ、んぅう…っ、んぁあんっ…、…い、ぁ…っ」

藤本が動く度に、じゅぷじゅぷと卑猥な音が響く。奥歯を噛みしめ、どうにかして声を抑えようと思っても、すぐに我慢ができなくなってしまい、どうにもならなかった。

（――――気持ちいい）

藤本の男根が中で動くと、肉洞の粘膜が擦れ、引き攣れ、うねって、そこからじゅわじゅわと快感が染み出てくる。こんな快楽を、耐えられるわけがなかった。

それなのに、都和の身体に更に別の刺激が加えられる。渋谷の指が都和の乳首を捕らえ、固くなったそれをくりくりと弄んできたのだ。

「んはあっ、あああぁっ」

「めちゃくちゃコリコリしてますね、ここ」

「やっ、あっあっ」

後ろを犯されながら乳首を責められ、都和は首を振って惑乱《わくらん》した。前回の時もそうだったが、違う種類の快感を同時に与えられると、どう感覚を受け止めていいのかわからない。乳首もまた、都和の肉体の弱点であると教えられた。胸の先から送り込まれる刺激が体内を巡り、腰の奥に直結する。

「あはぁっ…！　あぅう…うっ」

思わず仰け反ったところを、渋谷に口を塞がれた。んんん、と涙目になりながら舌を吸われて、何も考えられなくなる。無意識に舌を突き出し、渋谷のそれと絡め合った。

「……主任、ほんとエロいすよ。ね、乳首気持ちいいって言ってみて」

「やっ…あ」

「おい渋谷、主任は尻のほうが気持ちいいに決まっているだろう」

「ええー、わかんないすよそんなの。主任は乳首でイけるんだから」

彼らは勝手なことを言い合っている。その間も中をかき回され、乳首も捏ねられていた。身体中で感じる快楽が体内でひとつになり、とてつもなく大きな波を運んでくる。

「あ、あ――――あっ、イっ、く…！」

「奥、すごいでしょう？」

藤本のものの先端が、都和の最奥をぐりぐりと抉っていた。それが凄まじい快感を運んでくる。同時に、胸の先端もびりびりと痺れ、泣きたくなるような刺激が全身に広がっていくのだ。

「あっ、き…もち、いいっ、中も、乳首もっ…！　んあ、あぁぁぁああ」

卑猥な言葉を口走りながら、都和は絶頂に達する。そそり立った屹立からびゅくびゅくと弾けた白蜜が床に迸《ほとばし》った。きつく締めつけた肉洞の中で、藤本がしたたかに射精する。内壁に叩きつけられる熱い感触。

「くう――……っ」

その刺激にさえ達してしまって、都和は立て続けに極めた。それなのに胸の突起を弄る渋谷の指は止まらなくて、終わらない快感に嫌々と悶える。

「や…っ、乳首、もう…っ」

「嫌です。まだ虐めたい。イってる時にされると、すげえ気持ちいいでしょ?」

「あ、あっ、あっ…！」

イったばかりの媚肉を震わせ、屹立の先端を濡らして、都和は終わらない快感に身をくねらせた。ずるり、と藤本のものが抜かれると、その感触にすら声を漏らしてしまう。

「ふ、あ……っ」

「いつも自分が仕事している場所でするセックスはいかがでしたか?　主任」

「あ……っ」

快楽に翻弄《ほんろう》されていた都和は、藤本の言葉に一瞬我に返った。目の前に、自分が毎日座っているデスクがある。羞恥に身体が燃え上がった。けれど、何だろう。恥ずかしいのに、途方もない恍惚がそこにあった。

「じゃあ、もっと恥ずかしいやつ、行きますよ」

　身体を起こされた都和は、今度は仰向けにデスクに倒された。渋谷が都和の脚の間に入り、腰を持ち上げられる。無毛の地帯が露わになった。

「相変わらず可愛いですね、ここ」

「う、うるさっ…」

　抵抗しようと口を開くと、男の精が注ぎ込まれた肉洞に、若い男根がねじ込まれた。

「あう、ううんっ…！」

「っ、す、げ…っ」

「…は……っ！」

　わななく内壁を容赦なく擦り上げられ、都和は固くなめらかなデスクの表面に爪《つめ》を立てる。

　両膝が胸につくほどにひどい格好にさせられ、年下の男のものを深く咥え込まされた。体勢が変わると感じる刺激が明らかに変わって、下腹がひくひくと震える。

「スケベな主任の身体が、よく見えます」

　渋谷はにやりと雄くさい笑みを浮かべた。それから都和の入り口から奥までを、ずうん、と一度突き上げる。

「ああうっ」

　快感に脳天まで貫かれた。渋谷は性急なほどに、どちゅ、どちゅ、と突き上げてきたが、都和はそのすべてを快感として受け止めてしまう。

「は、あう、あ、あ〜〜っ」

都和はデスクの上で仰け反った。その下腹の上で、刺激を受けて張り詰めた陰茎がふるふると震えている。藤本がそこに手を伸ばし、裏筋をそっとなぞった。

「あっ、ひぃ…っううっ」

後ろを犯されている最中に前を刺激され、都和は太腿《ふともも》を痙攣させる。

「感じやすくて、素晴らしい身体ですよ」

「うんっ…んっ」

藤本にも唇を吸われ、都和は甘く呻いた。肉洞を突かれる快感と、陰茎を撫でられる刺激と、口中を舐め上げられる興奮と。それらが一体となって、都和の腰が蠢く。渋谷の律動に合わせてはしたなく尻を振り立て、藤本の舌を吸い返す。

「ああ…うう…んっ」

前からも後ろからも、そして絡め合っている舌からも、くちくちといやらしい音がしていた。頭の芯が焦《こ》げつく。もうどうなってもいい。そんな衝動が湧いてきていた。

「あああっ」

さっき藤本に突かれたのと同じ場所を、渋谷も探り当ててきた。都和が嬌声を上げて大きく仰け反る。

「あ、あっ、そこやっ、あううっ……！」

「さっき藤本さんに奥のほう突かれて悦んでたじゃないですか。俺にもさせてくださいよ」

「あまり強く突くんじゃゃなくて、先っぽのほうでぐりぐりするほうがキクぞ」

「まじすか」

藤本の忠告を聞いて、渋谷が腰の動きを微妙に変えた。すると、下腹の奥から泣きたくなるほどの刺激が湧き上がってくる。

「あ、んあ、あぁぁぁあ」

身体の内側が蕩けるような快感に、都和は啼泣した。宙に投げ出された脚のつま先が、快楽のあまり開いたり閉じたりを繰り返している。

「あ、あ――――……っくっ、イくっ……！」

そう口走る側《そば》から都和は絶頂を迎えていた。藤本の手の中のものから白蜜をとめどなく溢れさせ、腰が痙攣を繰り返す。

「うわ、まじ、すげ……！」

息を呑んだ渋谷の律動が速くなった。藤本は掌の中の濡れたものを優しく扱きながら、ぷっくりと膨らんだ乳首を舌先で転がす。

「は、ひ…っ、あっ、あっ！」

都和は何度も達した。彼らの愛撫は、都和の性感帯を的確に押さえて責めてくる。ここがいい、と思うところには、必ず指や舌がきた。そして男根で抉られる内部。身体中のいたるところから湧き上がる快感に、都和は渋谷を何度も締めつけてそれを味わった。そして肉体の芯のほうから、これまでで一番大きな波がやってくる。

「あ、だめ、あ、…すごいの、くるっ…！」

都和はデスクの上で、ぐぐっ、と仰け反った。渋谷が低く呻き、肉洞の深いところで熱い精が迸る。媚肉がしたたかに濡らされた。

「あ――――あ、ふあぁあぁぁっ、～～～～っ」

都和の肢体がびくびくとわななく。弾けた白蜜は、藤本の指の間から溢れて内腿を濡らしていった。

「…っ、あ……っ」

激しすぎる余韻で、肌の震えが止まらない。中から男根が引き抜かれ、後始末のためにあちこちを拭《ふ》かれている時も、都和はその刺激に反応してびくびくとわなないていた。

「……大丈夫ですか、主任？」

渋谷が上から覗き込んでくる。

都和は状況がよくわからなかったが、だんだんと思考がはっきりしていくにつれて、自分が今いる場所と、そしてそこで何をしていたのかを、次第にはっきりと理解していった。

「――――あ」

俺は、なんてことを。

正気に戻った瞬間、都和の脳裏に、自分が晒した痴態がはっきりと蘇る。都和は次の瞬間、自分が座っている場所を慌てて確認した。毎日仕事をしている、自分のデスク。

「……最低だ」

「はい？」

藤本が都和の言葉を聞き取ろうと、顔を近づけてくる。次の瞬間、都和はキッ、と顔を上げ、右手で藤本の頬を張った。パン、と高い音がフロアに響く。さっき都和が尻を打たれた時よりも鋭い音だった。

「――――っ」

「うわ」

それを避《さ》けもせずに受けた藤本と、その様子を見てやや引いているような渋谷。彼らの視線が都和に注がれる。その瞬間、都和の目から堰《せき》を切ったように涙が溢れ出した。

「なんでっ…、なんでこんな、こと」

「主任」

藤本は赤くなった頬を押さえようともしなかった。羞恥と動揺で感情のコントロールがきかなくなった都和の肩にそっと手を添える。渋谷が他のデスクからティッシュを何枚か抜き取り、都和の頬にそっと当ててくれた。それをぎゅっと握りしめながら、自分に狼藉《ろうぜき》を働いた男達に切々と抗議する。

「どういうつもりだ。そんなに俺を辱めたいのか」

考えてみれば、いや、考えずとも、彼らの仕打ちはひどい。都和の誰にも知られたくない秘密を盾《たて》に、肉体を好きにされ、あまつさえ都和のオフィシャルな部分まで踏み荒らそうとした。その罪《つみ》は万死《ばんし》に値《あたい》する。

「確かに俺は、お前達にとって目障《めざわ》りな存在だったかもしれないが、ここまでされる謂《いわ》れはない。そうだろう⁉」

都和は社内では感情を露わにすることはない。むしろ冷徹《れいてつ》に振る舞ってきた。だが今は、泣きながらひどいと訴えている。

藤本と渋谷は、そんな都和の前でしおらしく肩を下げていた。これまで都和が業務上のことで注意した時には見られなかった殊勝《しゅしょう》さだった。

「――――ごめんなさい」

最初に渋谷が謝る。

「確かに、めっちゃひどいことしました。反省はしてないけど、あ、いや、ええと、反省してます」

「今、反省してないって言ったろ‼」

「すいません‼」

渋谷は直立不動の姿勢で答えた。次に都和は藤本を睨みつける。彼は相変わらず、困ったような顔で都和を見ていた。困るのはこっちだ。

「確かにちょっとやりすぎました」

「ちょっと⁉」

都和が昼間仕事をしている席で、尻を叩き、さんざん卑猥なことをしたことのどこが『ちょっと』というのか、都和は到底納得できなかった。だが。

「でも主任も愉しんでませんでしたか？」

「そんなことはない！」

都和は嫌だった。こんなこと。こんな――。

「本当に？」

「……っ」

じっと見つめられて、都和は言葉を失う。どう答えたらいいのか。けれど本当は悦んでいたなんて、絶対に認めたくはない。それをしたら、また何かを失ってしまいそうな気がして。

「認めたくないなら、認めなくていいんですよ。俺たちは悪者になる覚悟はあります。そうでなかったら、こんなことしでかしませんでした」

「な――」

何を言い出すのだろうと思った。

そこまでしてこんなことをする理由はいったい何だ。

「最初に見た時から、何か抱えていそうだなって思ったんです」

「……」

「主任も知っての通り、俺は他社からの出向でここに来ました。取り立てて期待はしていなかったのですが――――。まあ、仕事はそれなりにこなして、違う環境《かんきょう》でのんびり過ごすか、とか思っていたんです。渋谷っていう天才がいたのは予想外でしたが」

藤本が渋谷を見やると、渋谷は得意げな顔をして見せた。こういう悪びれないところは今時の若者という印象だ。都和も、さほど年が離れているというわけではないのだが。

「渋谷に例の動画を見せられた時は、衝撃でした」

藤本が言っているのは、都和の動画のことだろう。そのことを言われると、胸が苦しくなる。

「藤本さん、俺が何も言わないうちから、これ宮城主任じゃないかって言ったんですよ。まあ俺もそう思ったんですけど」

渋谷の言葉に、都和は頭を抱えたくなる。

「……どうして、わかったんだ……？」

都和はもう、それを否定する気はなかった。彼らにはすべて知られてしまっている。ただ、それがどうしてなのか知りたかった。

「え、普通わかるっしょ」

「わかるのか……？」

誰もが見てわかるものなのだろうか。都和は不安になって渋谷に問いただす。

「いや、普通はまずわからないと思いますね。目隠ししていましたし、声も、普段主任が出しているものとはかなり違ってますから」

藤本に言われて、都和は思わず顔を赤らめた。

「俺たちがわかったのは、主任のことをそういう目で見ていたからだと思います」

「――――」

もっともらしく言われて絶句《ぜっく》してしまった。

「どうにかして口説《くど》けないかなって、ずっと思ってたので。手強い案件ほどやる気になるじゃないですか」

その時、藤本が浮かべた笑みはひどく雄めいていた。獲物《えもの》を狩《か》ろうとする男の目を真っ直ぐに向けられて、都和の身体がカッと熱くなる。あんなにされたのに、また燃え上がりそうになって慌てた。

「ご自分の性癖に素直になったほうが人生もっと愉しめると思いますよ。俺たちはそれを教えたいと思ったんです。普段、つらそうに見えたので」

「つらくなんかない」

「そうやって耐えてる顔、めちゃめちゃそそるので気をつけたほうがいいっすよ」

「何を言う」

「渋谷の言う通りです。あなたの澄まし顔は、ある種の男の性欲をかき立てるんです」

「……お前達みたいな?」

「ええ」

憎《にく》まれ口を叩いたつもりなのに、藤本はにこりと笑った。

「それよりも、身体とか綺麗《きれい》にしたほうがよくないですか?」

藤本が都和を指差す。その瞬間にハッと気づいた。彼ら両方に中に出されていて、都和自身も何度も射精している。明日もここで仕事だというのに、机や床が大変なことになっていた。

「大丈夫です。俺たちがやります」

「まず主任から。はい、お尻上げて」

「ちょっ…、待て、あっ」

強い態度に出たつもりなのに、また恥ずかしい格好をさせられて、都和はひどく慌てる。だが力の入らない身体は、彼らがすることに抗えなかった。

結局、都和は彼らが中に放ったものをかき出され、恥ずかしい場所を丁寧に拭かれて、きちんと服まで着せられる。汚した机や床もきっちりと清められ、都和はその様子を呆然と眺《なが》めているしかなかった。

(あんなにひどいことをされたのに)

それでも彼らは、あの動画を見て一目で都和だとわかったのだ。
その事実に、どうしても胸がざわめいてしまうのを、止めることができなかった。

は、藤本《ふじもと》のものだ。

『今夜、飯でも食いませんか』

就業前、都和《とわ》のスマホのＳＮＳに、メッセージが入った。古い洋盤《ようばん》のジャケットのアイコン

『個室で肉のうまいとこ予約しますよ』

人気女性アイドルのアイコンの渋谷《しぶや》のレスが続く。いつの間にかグループの中に入れられていた都和は、思わず眉《まゆ》を顰《ひそ》めた。

数日前の夜に、自分のデスクの上で犯《おか》された都和は、警戒《けいかい》してしまう。それは、今まさに都和が座っている、この場所で行われた。

ちらりと視線を上げると、デスクには何冊かのファイルと書類の束《たば》、そしてＰＣが開かれて置かれている。その無機質で機能的な様は、数日前の夜、ここで口に出すのも憚《はばか》られるようなことが行われたなど想像もできなかった。

――当たり前だ。

ここは本来、そんなことする場所じゃない。粛々《しゅくしゅく》と業務を正確に、淡々《たんたん》と遂行《すいこう》するための場所だ。

「……っ」

それでも、都和はあの夜のことを思い出すと身体の奥にじわりとした熱を感じるのだ。このうえなく屈辱的《くつじょくてき》で、恥ずかしくて、そして甘い興奮《こうふん》にまみれた夜のことを。

『行くわけないだろう』

そう返信しようとして、送ろうとした瞬間に都和の手が止まる。そのまま数十秒思案してから、都和の指は再び動き出した。

『了解』

自分の送ったメッセージが画面に表示されたのを見て、思わず頭を抱えたくなる。

(どうしてそんな返事をしたんだ)

彼らは都和のことを憎からず思っているという。だからあの動画を見て、都和だと判別できた。

(……嘘《うそ》だろ)

それでも、彼らとの行為は、決して屈辱なだけではなかった。それどころか、うっかり溺《おぼ》れてしまいそうなほどに甘美だと思うことすらある。

そもそも彼らは会社でも非常に有能な人間だ。藤本は高いコミュニケーションスキルと、全体を把握《はあく》し、円滑《えんかつ》に業務を進める能力に長《た》け、渋谷は勤務態度にやや問題があるものの、とにかく成果物で結果を出す。

都和は自分が威圧的に振る舞っているという自覚がある。だから周りから遠巻きにされて怖がられている自分が、あんな華やかな部署で活躍している男達に執着《しゅうちゃく》されることが理解できなかった。いっそ、本当に都和が目障りで叩《たた》き潰《つぶ》したいという理由だったなら、まだ納得できたのに。

「――あの、すみません主任」

聞こえてきた声に、都和はハッとして顔を上げる。そこには和田《わだ》が立っていた。入社二年目の、いつも都和に書類の正確さを詰《つ》められている社員だ。

「すみません。交流会の企画書を作ったので、見ていただければと」

和田はそう言って都和に企画書を渡す。

「あ、ああ…、今見るよ」

「はい、お願いします！」

和田はそう言って自分のデスクに戻っていった。そういえば、彼は何度も都和に企画書を駄《だ》目出《めだ》しされているが、それでも一向にめげることなく修正してくる。意欲はある社員なのだ。

そんなことを思って、都和は書類のページをめくった。

前回までに都和が指摘《してき》していたところはしっかり直されている。的確な指導をすれば吸収《きゅうしゅう》する、素直な人材だ。

「――和田」

「はい！」

都和が呼ぶと、和田はデスクから飛んできた。表情に緊張《きんちょう》の色が浮かんでいる。今日も厳しく指摘されると思っているのだ。

「最後のこの表」

「何か、問題ありましたか」

都和が最後のページを指し示すと、和田が覗《のぞ》き込《こ》んできた。都和はペンをとる。

「ここは項目をもっと減らしてわかりやすくしたほうがいい。ここと…ここと」

「はい」

「そこさえ直せば、後は完璧だ。よくできてる」

「えっ…、はい、ありがとうございます！」

「急がないから、修正したら私にメールしておいてくれ」

「はい！」

都和が褒《ほ》めたのがよほど意外だったのか、和田は嬉《うれ》しそうに返事をして自分の席に戻っていった。

ふと気がつくと、同じ島の社員が皆、都和のことを見ている。ぽかんとした目に都和が気づくと、彼らは慌《あわ》てて目を反《そ》らしたり、手元のＰＣに目線を戻す。

（――――何か、変だったか？）

たまに褒めたからと言って、そんなに驚《おどろ》くことはないだろうに。都和がデスクの上のスマホに目をやると、SNSに返信が来ていた。

『では、七時に現地で』

『待ってマース』

まったく、仕事中に何をしているんだ。

だが都和は、自分もまた彼らにつき合っていることを自覚する。藤本と渋谷に関わってから、自分の中の何かがいくつも変えられていくようだった。それがいいことなのか悪いことなのか、今はまだよくわからない。

ただ都和にとって、最大の懸念《けねん》、あの動画が誰によって撮られたのかということが、まだわかっていない以上、彼らの誘惑《ゆうわく》を全面的に受け入れるのは難しいだろうと思う。自分の性癖《せいへき》がかなり特殊《とくしゅ》である以上、そこは慎重《しんちょう》にならざるを得ない。

時間を確認すると、約束まであと二時間というところだった。それまでに仕事を片付けておこうと、都和はこの後の段取りを考えるのだった。


渋谷が予約した店は、個室がメインの落ち着いたところだった。メニューも豊富でボリュームがあり、味もかなりいい部類に入る。

「こんな店、よく知ってるな。さすが。情報通なのか」

「えー、主任、俺のこと褒めてくれるんすか。やったー」

渋谷がほろ酔《よ》いで、飲んでいたレモンサワーのグラスを上げる。向かいでは藤本がよかったな、と返した。

「俺のことも褒めてくれませんか、主任」

「藤本さんは主任に怒られたほうが興奮するっしょ。こないだひっぱたかれた時、あれはよかったって言ってたじゃないすか」

「それとこれとは別だ」

「な……」

二人がする会話には、やはり時々ぎょっとする。こんなふうに普通に話しながら食事をしていても、自分達は性的な関係にあると自覚させられてしまうのだ。都和はその度にドキドキしてしまう。やはりこういうのは慣れない。

「君たちに聞きたいことがある」

都和が改まって切り出すと、彼らはこちらに視線を向けた。

「私の動画だが、あれを撮ったのは誰だと思う……？　恥ずかしいことだが、私にはそのあたりの記憶がないんだ」

「知らないうちに撮られてしまったということですか」

「酔ってたとか？」

都和は頷《うなず》く。

「新入社員の時の、歓迎会の夜だ。気がついたらホテルのベッドの上だった」

「そんなに泥酔《でいすい》してたんですか？」

「それクスリとか盛られたんじゃないですか。いくらでもあるっすよ。飲み物に入れてお持ち帰りするやつ」

「そんなにあるのか？」

だとしたら、まったく気がつかなかった。そんな都和に、彼らは半ば呆《あき》れたような顔をする。

「そんなエロい身体してるのに、そこまで世間知らずっていうのは、アレっすね。犯罪《はんざい》ですね」

「犯罪は向こうだろうが」

「確かに」

憤慨《ふんがい》する都和に、藤本は頷く。

「主任にそんな真似《まね》をした奴がいると思うと、許せない気分です」

「でもその動画がなかったら、俺ら主任のこと知らなかったかもしれないすよ、藤本さん」

「そこが悩ましいところだな」

「私の話を聞いているのか？」

都和が口を挟《はさ》むと、二人は聞いています、と言って都和に向き直った。

「確かに、俺も気になってはいたんです。いったい誰があの動画をネットに上げたのか。脅迫《きょうはく》みたいなものはなかったんですか？」

「ない」

都和は首を横に振る。すると藤本がふいに真剣な表情になった。

「だとしたら、相手は主任の近くにいる人間かもしれませんね」

「……やはり、社内の人間だということか？」

確かに、会社の宴席で起こった出来事であるから、そう考えるのが自然だろう。だがそれから一度も、都和の身にその件と同じようなことは起こらなかった。

「主任もそう思ってるんすよね？　だから会社ではきつい態度とってたんじゃないすか？　そいつが見ているかもしれないって」

「――――」

いきなり核心を突かれて、都和の息が止まった。ずっと誰にも言えなかったことを何でもないことのように告げられて、心臓が揺さぶられる。

「おそらく犯人は、主任のことをいつも見ているんでしょう。あなたが何でもないような顔をして生活しているのを見て、悦《えつ》に入ってるんです。それも何年も。俺たちより、よっぽど悪趣味な奴ですよ」

「……似た者同士だと思うけれどな」

「確かに、俺たちはそいつよりも堪《こら》え性《しょう》がない。俺なら一度あなたを抱いて、何年も放置できない」

「右に同じっすね。俺なら毎日でも主任とヤりたい」

憎まれ口を叩いたつもりなのに、色めいた言葉を返されて、都和は何も言えなくなってしまう。こういうところがつけ込まれるところだとわかっているのに。

「そいつは多分、主任のことをずっと観察してると思うんです。だからもしかしたら、俺たちのことも気がついているのかもしれない」

「会社でヤったのバレたら、やべえ」

「冗談じゃないぞ！」

そんなことになったら身の破滅《はめつ》だ。

「大丈夫です。バレないようにしてますから。それに、もしバレそうになったら、俺の立場を使います」

「君の…立場？」

藤本は他社からの出向だ。だが、彼がもともといた会社は、別資本ではあるがクロウアイルの親会社であり、彼はその社長の息子である。見聞を広めて勉強するため、という理由から知る者はそう多くないが、都和は人事部に在籍《ざいせき》しているために当然知っている。

「それは褒められたことではないぞ」

「わかっています。けど、これまで真面目《まじめ》にやってきたんですから、少しくらいご褒美《ほうび》があってもいいでしょう」

「…それが私とあんなことをすることなのか」

「もちろんです」

藤本は悪びれもせず笑う。都和はもう呆れることしかできなかった。腕時計を見ると、九時過ぎを差している。

「じゃあ、私はそろそろ失礼する」

「え、まだいいじゃないですか」

「これ以上お前達といると、またろくなことにならない。会社に戻って仕事を片付けてから帰る」

「これからですか？」

「資料室で備品の整理があったのを思い出した」

特に急ぎの業務ではなかったが、こうでもしないと、彼らに引き止められてしまいそうだった。仕事だと言えば、強行できる。都和はテーブルの上に何枚かの紙幣《しへい》を置いて、個室を出た。

「……これでよし、と」

たいして難しい仕事でもない。都和は手にしたバインダーを閉じて、筆記用具をそこに挟んだ。

まるで逃げて来たみたいだな。

実際そうなのだ。今夜の彼らはおそらく十中八九、都和を抱くつもりだったろう。そうなったら、自分はまた理性を失って、痴態《ちたい》を晒《さら》してしまうに違いない。快楽《かいらく》を与えられると、どうしても我慢が出来ないのだ。虐《いじ》められるように抱かれると全身が燃え上がって感じてしまう。そんな自分と直面するのが嫌《いや》だった。

けれど、それと同じくらい、今夜もあの男達に翻弄《ほんろう》されたいと思っている自分がいる。

それでも、都和にとっては自分を保つほうが大事なのだ。特に、あんな話を聞いてしまっては。

都和はあの動画を撮ったのが、社外の人間であればいいと思っていた。泥酔した自分が帰宅途中で知らない男にどこかに連れ込まれ、屈辱的な動画を撮られる。相手が二度と会わない人間だったなら、まだもう少しマシだったかもしれない。

その後も都和のことをどこかで見ているだなんて。

怒りや屈辱《くつじょく》もあったが、その得体の知れない存在が何よりも怖かった。

「――――帰るか」

普段は無人の資料室はただでさえ、シンと静まりかえっている。なんとなく薄気味悪《うすきみ》いものを感じて都和が出口に向かうと、突然、目の前のドアが開いて、思わず声を上げそうになった。

「ああ、驚かせてしまいましたか、すみません」

「ふーん、ここ入ったの初めて」

つい数時間前に店に置いてきた藤本と渋谷が現れたことに、都和はひどく戸惑《とまど》う。

「どうしてここがわかった」

都和の声に、藤本はいつもの少し困ったような微笑《ほほえ》みを浮かべて答えた。

「主任がおっしゃったんじゃないですか。資料室で仕事があるって」

確かにそうだった。都和は内心で舌打ちをする。どうしてそこまで言ってしまったのだろう。これでは、彼らに追って来いと言っているようなものではないか。

いや――――、もしかして、その通りなのか？

俺は、彼らにここに来て欲しかったのか？

「お仕事は、終わったみたいですね」

藤本は都和がバインダーを手にして、今まさに部屋を出るところだったのを認めて告げる。

「ならよかったっす。主任の仕事邪魔《じゃま》すると、また怒られちゃうんで」

渋谷がぐい、と足を踏み出して部屋の中に入ってくる。都和は思わず後ずさった。藤本がその後に続いて、部屋の扉《とびら》を閉めてしまう。施錠《せじょう》する音が、ガチャリと響《ひび》いた。

「何を――――」

「本当は待っていたんじゃないすか?」

渋谷が目を眇《すが》めるようにして都和に視線を投げた。いつも飄々《ひょうひょう》とした印象の彼のそんな表情は、まるで都和よりも年上の男のようにも見える。

「馬鹿なことを言うな」

都和の手からバインダーが落ちた。藤本がそれを拾って、スツールの上に置く。

「ダメですよ主任。もう、態度で訴《うった》えているようなものです。また、犯して欲しいって」

「そんなこと言ってない!」

彼らがどんどん距離を詰めてくるので、都和はあっという間に壁際《かべぎわ》に追い詰められた。二人の男に目の前を塞《ふさ》がれて、鼓動《こどう》がどきどきと速くなる。顔が熱い。

「可愛い」

「んっ」

渋谷に唇を塞がれた。またあの巧《たく》みなキスを仕掛けられて、都和の思考が鈍《にぶ》る。くちゅくちゅと互いの舌が立てる音が頭蓋《とうがい》に響いて、背筋《せすじ》が否応なしに疼《うず》いた。

「ほら、キスしただけでもうこんなとろんとした顔して…。全然抵抗できてないじゃないすか」

「っ、それ、は……っ」

身体に力が入らない。本当に嫌ならば、思い切り突き飛ばして逃げることもできるはずなのに。

「まだ認められませんか?」

「ひっ」

藤本に、耳の孔に舌先を入れられる。敏感《びんかん》な場所をたっぷりと舐《な》められて、腰から背中にかけてぞくぞくと波が這《は》い上がってきた。膝《ひざ》が萎《な》えて震《ふる》えて、今にも崩《くず》れ落《お》ちてしまいそうだ。

「主任が虐められて悦《よろこ》ぶ性癖だとしても、何も悪いことではないんですよ。むしろそれはあなたの魅力《みりょく》を高めるものでしかない」

「……っふ、あっ、あっ……」

悪魔の囁《ささや》きのような言葉を耳に注《そそ》がれて、頭がくらくら回る。知らないうちにネクタイを解《ほど》かれ、上着も脱がされてシャツをはだけられた。

(また、会社でこんなこと)

そう思ってみても、肌を撫《な》で回《まわ》されると身体中が震えた。躊躇《ためら》う時間が回を追う毎に短くなっていっているような気がする。

「そんな顔されると、やっぱり虐めたくなるっすね」

「そうだな。主任は男を煽《あお》る天才だ。……ほら、腕を上げてください。主任のネクタイを皺《しわ》にするのは申し訳ないので、俺ので縛《しば》りますね」

「あっ…」

藤本が解いたネクタイで、都和は両腕の手首を一纏《ひとまと》めにされ、頭の上でスチールラックにくくりつけられた。これでもう、物理的にも抵抗できないことになってしまう。彼らの気が済むまで、何をされてもされるがままだ。そう思うと、腰の奥がぞくん、とわないた。

「ああ、ふあっ！」

無防備な脇下を藤本に舐められ、思わず高い声が上がる。それに倣《なら》うように、もう反対側に渋谷が舌を這わせてきた。

「ここ、くすぐったくて気持ちがいいでしょう」

「んふ、は、だめ、だめ、ああっ…！」

敏感《びんかん》な場所を舌先で舐め上げられ、柔《やわ》らかい肉をしゃぶられる。その異様な刺激に、都和は全身をびくびくとのた打たせて震えるしかなかった。彼らが舌を使うぴちゃぴちゃという音が部屋に響く。

「やっ、あっ、ああっ、あううっ…！」

くすぐったいのに、刺激の中にはっきりとした快感《かいかん》が混ざっていた。

「腰、動いてますよ主任」

渋谷がくすくすと笑いながら都和を煽る。

「んああっ……！」

都和の腰は悩ましげに蠢《うごめ》いていた。恥ずかしいのに、その動きを止めることができない。すると藤本の手が都和のベルトを外し、ファスナーを下げて中に忍んでくる。下着の上から股間を撫で上げられ、直接的な快感が腰を突き上げた。

「あああっ…」

「もう濡《ぬ》れてますよここ」

都和の脚の間のものは、すでに先端《せんたん》を潤《うる》ませて布地を濡らしている。脇下を舐められながらそこをねっとりと撫で回されて、もう声が抑えきれなくなる。

「あん、あ、あぁぁあ…っ」

「ここも虐めてあげますね」

「ひぁ、あうう」

渋谷の指先が尖《とが》った胸の突起《とっき》を捕らえ、執拗《しつよう》に転がしてきた。乳首からの甘く痺《しび》れる快感が身体中に広がっていく。

「ひ、ぁ、あっあっ」

気持ちがよくて我慢なんかできない。都和のもともと敏感な身体は、彼らによって被虐《ひぎゃく》の性質を目覚めさせられ、淫蕩《いんとう》に花開いてしまった。股間への布地越しの愛撫《あいぶ》がもどかしい。直接触って、思い切り扱《しご》いて欲しかった。

「ああ…っ、そ、こ、あんんっ…」

「そこ、とは？」

「ん、こ…ここ…っ」

都和は切羽詰《せっぱつ》まったように腰を揺する。そうすると藤本の掌《てのひら》に自身が擦《こす》れて、気持ちがよかった。

「直接触って欲しいですか？」

「ん、ぅ…んっ」

都和は奥歯をぎゅっ、と噛《か》みしめてから、こくりと小さく頷く。悔《くや》しい。けれど、この後の快楽を知ってしまっている身体は、どうしても堪えることができなかった。

「――いい子ですね」

藤本の大きな手が、するりと下着の中に入ってくる。そして布地を押し上げて勃起《ぼっき》しているものをじんわりと握《にぎ》りしめた。

「はあっ、あっあ…っ！」

待ちわびた、泣きたくなるほどの快感に、目に涙《なみだ》が浮かぶ。

「じゃ、俺こっち」

渋谷の手が後ろから下着に忍び込み、双丘の奥を探った。びくん、と腰が大きく震える。やがて、くちゅ、という音とともに、渋谷の指が肉環をこじ開け、中に入ってきた。

「ん、ひ…っ、うう、ああ…っ」

「めっちゃ熱いし、うねうねしてますね」

媚肉を優しく捏《こ》ねるようにかき回されて、下腹にじゅわじゅわと快楽が生まれる。前後を同時に可愛がられ、焦《じ》らすように弄《もてあそ》ばれて、全身が煮《に》え立《た》つように熱くなった。下半身の衣服がいつの間にか脱がされて、都和が身につけているのは黒い靴下《くつした》だけになっている。こんなところで、こんな恥ずかしい格好にされて喘《あえ》いでいるなんて。

「ひ…っ、んん、ああ、あぁぁ…んん」

両の脇の下から、脇腹にかけてをしゃぶられ、乳首も指先で弾かれて、それだけでもたまらないのに、股間を射精しない程度に扱かれ、後ろもまた指一本でぬぷぬぷと出し入れされている。途方もなく感じさせられているのに、あと一歩のところで及《およ》ばない。都和ははしたなく腰を揺らす。

「ん、んん…ああううんっ…、ア、あ、い、い…う…っ」

こんな、とろ火で炙《あぶ》るような快感は許して欲しい。前までは泣くほどにイかせてくれていたではないか。

「こ、こんな…っ、あっ、ああああんっ！　……っんう――――…っ」

時折《ときおり》、股間のものの先端《せんたん》をくるくると撫で回されたり、内部の弱い場所をくりくりとくすぐられたりすると、快感が一気に高まる。けれどそれは寸前《すんぜん》で止められてしまって、都和はそのもどかしさにおかしくなりそうだった。

「まだ我慢していてください。イったらダメですよ」

「んうう…っ」

藤本が優しく諭《さと》すように告げて、都和に口づける。口内を舐め回され、舌を吸《す》われて、夢中になって自分から吸い返した。

「んん、う、い、イきた…い……っ」

「主任、我慢は得意じゃないですか。こんなエッチな身体してるのに、毎日仕事がんばって、禁欲《きんよく》してたんでしょ？　ほら、乳首も舐めてあげますから……」

「あっ、あああぁ」

渋谷の舌に胸の突起を転がされ、じゅうっと音がするほどに吸われる。同時に入り口近くで小刻《こきざ》みに指を動かされ、身体の芯《しん》がもの凄《すご》く切なく引き絞《しぼ》られた。だが、それでも終わらない。

「ゆるして、許して…っ！」

何も考えられなくなり、都和は身体が望むままに哀願《あいがん》した。

「イかせて…っ、もぉ、頼む、からぁ…っ」

「……主任、俺たち、けっこう腹立ててるんですよ」

都和の先端の小さな蜜口《みつぐち》を指先でなぞりながら、藤本が低く囁く。痺れるような快感に襲《おそ》われた都和は、一瞬何を言われているのかわからなかった。

「どこの誰かわかんない奴に、主任の処女奪《しょじょうば》われたんすからね」

都和にとっては、とばっちりもいいところだった。

「ち…ちがっ…あれはっ…！」

「わかってますよ」

「ひあっ」

藤本に舌先で耳を舐められた都和は、それにも敏感に反応する。

「ただの嫉妬《しっと》です。俺たちの」

「だから、めっちゃお仕置きしないと気が済まないんすよ。――ごめんね」

言っていることは無理やりなのに、どこか甘い響きがあって、都和は不覚にも震えてしまう。

恍惚《こうこつ》とする意識の中で潤んだ目で彼らを見つめた。すると執着を剝き出《むだ》しにした四つの瞳に捕らえられて、その瞬間、激しい昂《たか》ぶりを覚えてしまう。

奪われる。そんなことが、こんなに嬉しいと思うなんて。

「好きな…だけ、していいから…、だから、はやく…っ」

欲情を露《あら》わにした都和の誘惑《ゆうわく》に、彼らは飢《う》えた獣《けもの》のように息を荒《あら》げる。

「……仕方ないですね」

藤本が押し殺したような声で囁いた。

「めちゃめちゃ気持ちよくイかせてあげないと」

ひどく楽しそうな声で渋谷が告げる。次の瞬間、緩慢《かんまん》だった愛撫が、急に粘度《ねんど》を増した。

「んん、ああっ！」

中を穿《うが》つ渋谷の指が深く入ってきて、さっきから何度も掠《かす》めていた弱い場所を捏ね回される。

下腹の奥が熱く痺れるような快感に、思わず喉《のど》を反《そ》らせる。

「ここ、好きなんでしょ？」

「んう、ああっ…、…そ、こ……っ、い、ぃ…っ」

媚肉を巧みにかき回す渋谷の指に、屈服《くっぷく》しそうになる。けれど都和に与えられる快感はそれだけではないのだ。股間のものを握る藤本の指戯も、性感をかき乱す。根元から強弱をつけて絞《しぼ》るように扱かれ、時折、鋭敏《えいびん》な先端を意地悪《いじわる》く撫で回された。

「こんなに濡らして。女の子みたいになってますよ」

小さな蜜口から溢《あふ》れる愛液が、くちゅくちゅと卑猥《ひわい》な音を漏《も》らす。

「あっ、あっ…あ、い、イ、く……っ」

そして両の乳首を左右から舐め転がされ、吸われて、都和の身体中を快感が駆《か》け巡《めぐ》った。

「ああっ！　も、イく、いく…っ、んあぁぁあ」

全身を燃え立たせた都和は、尻《しり》を振り立てながら弓《ゆみ》なりに身体を反らす。がくがくと腰を揺らしながら、藤本の手の中で激しく吐精した。

「ん、うううっ」

びゅくびゅくと白蜜が放たれていくのが、自分でもわかる。藤本の掌から溢れたそれは、床の上へと滴《したた》り落ちていった。

「ほら…、全部出して」

達しても扱き続けられるので、都和の腰の痙攣《けいれん》が止まらない。

「あうう、あっ、ゆ、床、汚《よご》し…っ」

「後で俺たちが綺麗《きれい》にするので、大丈夫ですよ」

「こっちもきゅうきゅう締めつけるの止まらないっすね」

中でもイったというのに、弱い場所を緩く擦られ続けて、内壁のヒクつきが止まらない。啜《すす》り泣《な》く都和に、彼らは交互に口づけした。

「可愛かったですよ、主任」

「もっともっと、可愛くなりましょうね」

渋谷が都和の後ろに回り、都和の手首を拘束《こうそく》していたネクタイが解かれて、渋谷がスチールに背中を預ける体勢になる。彼は都和の片脚を高く持ち上げ、その双丘の狭間《はざま》に自身を押し当てた。

「あう、あ」

「力を抜いて…、そう、上手になりましたね」

「あっ、あっ！　は、はいっ…て…っ」

それまでさんざん指で蕩《とろ》かされていた肉洞を、力強く脈打《みゃくう》つもので貫《つらぬ》かれる。根元までずぶずぶと音を立てながら挿入《はい》ってきたそれは、都和の中を我が物顔で蹂躙《じゅうりん》していった。指とは比べものにならないくらいの質量と熱さを持つものが、感じるところを擦り上げていく。

「あぁぁあぁ…あぁぁあ……っ」

ずん、ずん、と穿たれる度に、快楽が脳天まで突き抜けていった。

「主任…、気持ちいい?」

「ああっ、あっ、い……あぁ……」

法悦《ほうえつ》に蕩けたような表情が、都和の整った顔に浮かんでいる。昼間のオフィスでは冷たくと り澄《す》まし、近寄りがたい印象を与えているというのに。

「奥、好きっすよね」

渋谷のものが、指では届かなかった場所をぐりぐりと虐めてくる。腹の奥が熔《と》けそうだった。

「あぁっ…ひぃっ…、そ、こ、好き、すき…っ」

「うーん、本当は俺のこと好きって言って欲しいんだけど」

まあいっか、と呟《つぶや》いて、渋谷は小刻みにそこを突く。

「んあぁあぁぁ」

頭が真っ白になった都和は、泣くような声を上げて仰《の》け反《ぞ》った。そんな都和の股間では、勃《た》ち上がった陰茎がびくびくと震えている。

「主任はここも好きでしょう？」

「あっ、あっ！」

藤本が都和の前に跪《ひざまず》き、そそり立っているものに舌を這わせてきた。根元から裏筋にかけて重点的に舐め上げ、先端のくびれを丁寧に辿《たど》る。

「ふ、あ、あ――――あっ…！」

後ろを犯されながら前もしゃぶられる行為には耐《た》えられない。快感の許容量があっという間にいっぱいになり、身体が爆発《ばくはつ》しそうになる。もう、どうなってもいい。こんな快感と、そして執着には耐えられない。

「きもち、いぃ……っ、あぁぁあ…っ」

肉体が感じている快楽を口にし、二人の男から与えられる愉悦《ゆえつ》に身悶《みもだ》えた。中を貫いている渋谷のものがどくどく脈打って、都和の肉洞を満たそうとしている。

「中、出しますよ…っ」

「あ…っ、いや、いっぱい…ぃっ」

最奥で何かが弾けた感覚がした。内壁を濡らされる感覚に、都和は嬌声《きょうせい》を上げる。

「んあぁあぁあ」

渋谷の肩口に後頭部を押しつけるようにして、都和は思い切り達した。

「くあ…あ…あ、……っ」

イっているものを、藤本が口の中でじゅううっと吸い上げる。白蜜をすべて飲み干さんばかりの口淫に、腰がわななくのが止まらない。焦らされた分だけ、絶頂は長く続いた。

「うっ、う……！」

「……はい、よくできました」

ようやく口元を拭って顔を上げた藤本が、優しく褒めてくる。いったい何がだ、と思ったが、そんなふうに言われて嬉しかったのが否《いな》めない。いったい自分はどうしてしまったのだろう。

「俺が抜いたらすぐ挿《い》れます？　藤本さん」

「ああ、そうしたいな」

「了解です。じゃ、主任、俺の漏らさないでくださいね。藤本さんので、中でかき混ぜてもらってください」

「あ、うあ…っ」

渋谷のものが中からゆっくりと引き抜かれていった。それが完全に出ていった時、都和は反射的に後孔を締《し》め、渋谷が放ったものが出ていかないように努める。すると藤本の手で後ろを向かされ、都和は渋谷にしがみつくような体勢を取らされた。腰が引かれ、濡れた肉環に藤本のものが押し当てられる。ひくひくと蠢くそこから、白濁《はくだく》が一筋《ひとすじ》滴り落ちていった。

「あっ、もっ、漏れる…っ」

「大丈夫です。今、挿れます」

その場所に一気に圧力がかかり、藤本の男が挿入されてきた。

「んううう…っ」

犯された直後の挿入は、最初に入れられるのとはまた違ったたまらなさがあった。快感が残って収縮《しゅうしゅく》しているそこを、更《さら》に押し開かれると背骨がぞくぞくと痺れる。

「はっ、は……っ」

堪えきれずに、目の前の渋谷にしがみついた。するとそれを責めるように、背後の藤本が一度深く突き上げてくる。

「あああんっ！」

もはや悦んでいるとしか思えないような、甘い声。そんな響きが自分の口から発せられている。恥ずかしくて、悔しくて、そして気持ちがいい。

「あっ、あっ、あっ、ああっ」

藤本の男根が、力強く都和の中で抽挿《ちゅうそう》を始めた。一突き毎にぞくぞくと背中がわななないて、擦られてゆく粘膜が快感を訴える。先に中で出されていた渋谷の精が藤本のもので攪拌《かくはん》され、卑猥な音が部屋に響く。繋《つな》ぎ目が白く泡立《あわだ》っていた。

「だ…め、う…ああ…っ」

「主任の中、挿れる度にいやらしくなっていきますね。どんどん気持ちよくなっていっているでしょう?」

「くぁああっ」

ふいに律動《りつどう》を速くされ、奥のほうを小刻みに突かれて、都和は悲鳴のような声を上げる。全身が、じいん、と痺れて、渋谷に縋《すが》り付《つ》く指先にも力が入らなかった。

藤本の言う通り、都和の後ろは男のものを挿入されると途方もなく感じてしまうようになっている。まるで最初から素質《そしつ》があったみたいに。

「……っ、お前達が…っ、こんなこと、するから…っ」

「まあ、俺たちのせいにしてもいいっすけど」

「ああっ」

渋谷が都和の股間に手を伸ばし、蜜を滴らせている屹立《きつりつ》を柔らかく弄び始めて、甘い刺激に腰をくねらせた。

「主任がスケベすぎるからいけないんですよ？」

「や、あ、一緒に…したらっ…」

前と後ろを同時に責められて、わけがわからなくなる。肉洞を擦っていた藤本の男根を強く締めつけると、背後で低く呻《うめ》く声が聞こえた。彼らもまた、都和の身体で愉しんでいるのだ。

ふとそんなことを思うと、興奮で熱くなる。

(どうかしてしまったんだ、俺は)

だが、不思議《ふしぎ》とそれは嫌な気分ではなかった。むしろ自分の中の何かが解放されたようで、ある種の爽快感《そうかいかん》すら覚える。

「あなたの中は、狭くて、熱くて、情熱的で……、本当に素晴らしいですよ」

「ひうっ！」

一番弱い最奥の部分を男根の先端でぐりぐりと抉《えぐ》られて、都和は腰が浮いてしまいそうな快感に襲われた。尻の肉を摑《つか》まれ、強く揉まれて、内壁が藤本の男根に激しく擦れる。それがどうしようもなく気持ちがよかった。

「あん――――、ああ、あああぁあ…っ」

愉悦に溺《おぼ》れた都和は、自ら腰を揺らし、藤本のものを体内で締めつける。渋谷に握られているものもその動きで刺激されて、たちまち絶頂まで追い詰められた。

「もう…っ、もう、ああっ、イく、いくっ、――――～～～～っ！」

背中を大きく反らし、はしたない声を上げて都和は極める。道連れにした藤本が放った精が、渋谷が出したものと混ざり合って、肉洞を満たした。

（あ、出され、てる）

二人の男に思うさま中で射精され、都和は彼らの精が体内に染みこんでいくような感覚を得た。

もう何度も中に出されているから、その度に彼らの欲で侵《おか》されていく。

「あ、あ…っ」

ひくひくとわななく都和は、全身をぐったりと渋谷に預けていた。都和の中から藤本の男根がゆっくりと引き抜かれていく。

「ふう…っ」

彼は都和の後ろで満足げに息をついた。抜かれた瞬間、二人分の精がごぽっ、と音を立てて後孔から溢れる。

「素敵《すてき》でしたよ、主任」

「まじ最高でした！」

前後から顔や首筋にキスをされ、都和は思わず震えた。また、会社でやってしまった。今回は自分のデスクではないが、社内には違いない。

「……お前達には、呆れる……」

前回の時のような憤《いきどお》りは湧《わ》いてこない。諦《あきら》めてしまったのか、それとも慣れたのか。もしくは、他の理由か。

彼らは力の入らない都和をラックによりかからせ、丁寧に後始末をしてくれた。汚してしまった床の清掃《せいそう》も抜かりない。

「主任、中に出したの掻《か》き出《だ》しますので、お尻をこちらに向けてください」

「えっ…、い、嫌だ…」

「わがまま言わないでくださいよ。ほら」

「あっ」

有無を言わせず身体を返され、都和の無防備な尻が彼らの前に差し出された。双丘を割られ、藤本の指が肉環を押し開く。するとそこから、とろとろと白濁が流れ落ちた。藤本と渋谷が放ったものだ。藤本がそれをティッシュで受け止める。

「全部出してくださいね」

「う、う…」

恥ずかしくてたまらない。セックスで煮えた頭が冷えた今は、強い羞恥《しゅうち》が都和を襲う。

「自分でやるのに…」

「俺らが出したんだから、俺らが始末するのは当然っしょ」

「……普段の勤務態度も、それくらい真面目にやってくれたらいいんだがな」

「まったくですね」

最後の言葉は藤本のものだった。渋谷はバツが悪そうにへへ、と笑う。

「小腹すきましたね。ラーメンでも食って帰りません?」

「いいな。主任も一緒に行きましょう」

都和はようやく着衣を終えたところだった。腰の辺りがひどく気怠《けだる》い。だが、渋谷の言う通りに軽い空腹を覚えているのも事実だった。何しろ一番体力を消耗《しょうもう》したのは都和なのだから。

「……そうだな」

いや、どうして彼らと一緒にラーメンなど食いに行かねばならないのか。

二人がかりで、ひどいことを仕掛けてきた張本人だぞ？

都和の中のある部分はそう訴えているのに、この流れに身を任せてしまいそうになる。

それは、彼らが都和を好いていると告げてきたからだろうか。

「よし、換気《かんき》も完了。じゃあ行きますか」

「ひとつだけ教えてくれ」

「はい？」

彼らが資料室のドアを開けようとした時、都和は言った。振り返る藤本達に、都和は告げる。

「本当なのか。俺を…その…」

「好きだってことっすか？」

皆までいい終わらないうちに渋谷が言葉を挟んできた。

「あのですね。会社でこういうことするのって、割とリスクあるんですよ。いくら藤本さんが関係会社の社長の息子だっていっても、もしバレたら、周りの人の目とかあるじゃないすか」

「――――」

都和は思わず俯《うつむ》いた。今更《いまさら》になって、とんでもないことをしでかしているのだと自覚する。

「渋谷がそういうことを気にしているとは思わなかったな」

「藤本さーん」

「悪かった悪かった。続けていいぞ」

この二人の関係も奇妙《きみょう》だと思う。彼らは都和を共有しているようなものだ。その心理はどういったものなのか、ろくな恋愛経験もない都和にはわからない。いや、そもそも、これはまともな恋愛関係ではないだろう。

「だからですね。ええと、会社でするのって、興奮するねってことです」

「……は？」

もっとちゃんとした理由があるのかと思っていたので、都和の声が思わず低くなった。

「自分じゃ気づいてないかもですけど、主任て会社でヤるとかそういうスリルあるっぽいことに興奮してません？　まあ俺らもですけど」

「な…っ、何言ってる。あるわけない」

以前の自分なら、もう少し強く反論していたかもしれない。けれど今の都和は、やや言葉が弱かった。これだけの目に遭《あ》えば、自分でも薄々《うすうす》わかっている。ただ、簡単には認めたくないだけだ。

もしも認めてしまったら、あの動画を撮られたことも、都和にも責任があるということになってしまう。

いや、本当にそうなのか――――？　俺が悪いのか？

「主任」

藤本が都和の肩に手を置いた。びくっ、と身体が震える。

「あなたは、何も悪くないですよ」

「…そう、なのか?」

「あなたは他の人よりも魅力的なだけです。だから、困った顔が見たくなる。追い詰められて泣いた顔を見ると興奮するのは俺たちのほうです」

「——俺たち、と言うが、それはつまり俺を共有しようということか…?」

艶《つや》めいた言葉にも少しだけ免疫《めんえき》が出来たので、都和は思い切って聞いてみた。

「端的《たんてき》に言えば、そういうことになります」

藤本はあっさりと言った。

「だって、一人じゃ満足できないっしょ、主任」

渋谷もまた、とんでもないことを告げる。

「例の動画を見つけて、どうしようかと話をしていた時に、なんとなくそういう流れになったんです。あなたは誰か一人のものになるには淫乱《いんらん》すぎる、これは俺たち二人がかりでどうにかしないといけない、と」

「勝手に決めるな!」

「——では、決めますか? 俺たち二人の、どちらか」

ずい、と二人ににじり寄られて、都和は後ずさった。

「――そんな、こと…」

考えたこともなかった。彼らはいつも二人で都和を追い詰めてくるから、いつも二人分の熱量に翻弄される。今更どちらかが欠《か》けたとしたら、どこか違和感《いわかん》を覚えてしまうのではないだろうか。

「よかった」

藤本はにこりと笑う。

「もし、主任が渋谷を選んだら、世を儚《はかな》んでしまうところでした」

「俺も、選ばれなかったらもう会社に来たくないっす」

彼らはさりげなく都和を脅《おど》してくる。彼らは最初から、どちらも引く気はないのだ。そんなふうに執着されることに、目眩《めまい》すら感じてしまう。

「では、行きましょうか」

肩を抱かれ、目の前のドアが開かれた。一歩足を踏み出すと、そこは無機質な廊下《ろうか》で、ついさっきまで繰り広げられていた獣のような狂宴《きょうえん》が、どこか夢の世界の出来事のように思える。

けれどそれが夢ではないことは、都和の身体に刻まれた余韻《よいん》が物語っていた。

「――宮城《みやぎ》君」

総務部のフロアに入る前、都和は呼ばれて振り返った。

「杉下《すぎした》課長。どうしたんですか」

都和の所属《しょぞく》する人事部の課長である杉下がそこに立っている。

「ちょっといいかな」

彼は都和を手招きして、廊下の隅《すみ》に連れて行った。大抵の場合、こういう時はよくない話をされるものだ。何か業務上で問題があったのかと、都和は脳裏《のうり》で考えを巡らせる。

「どうしたんですか？」

「うん――、実はね」

少し言いにくいことなんだけど、と杉下は前置きした。

「ちょっと、妙《みょう》な噂《うわさ》を聞いてね」

「噂？」

「宮城君、君、この会社に入社する前、いかがわしい仕事をしていたんじゃないだろうね」

杉下の言葉は、都和の予想を超えるものだった。背筋がひやりとする感覚に、都和は警戒《けいかい》する。

「……何の話です？」

「君とよく似ている人が、変な動画に出ていたという噂を聞いたんだ」

心臓を冷たい手で握られたような感じがした。どくんどくんと波打つそれが、ぎゅう、と締めつけられるような苦しさを覚える。都和は声が掠れないように努めて答えた。

「……心当たりありません」

「そうか。それにしちゃよく似てたなあ」

杉下はその動画を見ていたのだ。追い詰められ、都和は気づかれないように息を吐き出した。

「まあ違うならそれでいいんだ。だが、そうは思わない人も中にはいるだろうね」

「何がおっしゃりたいんですか？」

杉下に感じる違和感に、都和は眉を顰める。その時、彼はひどく嬉しそうに都和に対して笑いかけた。いつも仕事でやり込められている都和に対し、有利な立場になったと得意げになっているようにも見える。

「証明してくれればいいんだよ。君の潔白《けっぱく》を、私に対してゆっくりね」

「……」

「近いうちに連絡するよ」

そう言い残して、杉下は先にフロアへと入っていった。都和はその後に続くことができず、

しばらくその場で立《た》ち竦《すく》む。

彼はあの動画の存在に気づいたのかもしれない。

(目隠しをしているから、まずわからないと思っていたのに)

だが、藤本と渋谷は気づいた。ならば他の人間が気づいたとしても不思議はない。杉下は都和と何かを取引したがっているようだった。脅迫《きょうはく》するつもりだろうか。

――課長は、俺に何を要求するつもりなのだろう。

まず考えられるのが、金品の類《たぐい》だ。

そして次に可能性があるのが――。

いや、と、都和は首を振る。まさかそんなことがあるはずがない。

やはり、あれは都和にとって足枷《あしかせ》になった。たった一度の汚点《おてん》が、今になって追いかけてくる。

(彼らに相談してみるか)

あの動画のことを知っているのは、都和の他には藤本と渋谷しかいない。都和はその足で制作部のほうへと向かった。エレベーターから降りてフロアに足を向けると、社員達が忙《いそが》しそうに立ち働いているのが見える。

中央の大きなミーティングデスクに、何人かの社員が集まっていた。次のプレゼンの作業をしているのだろう。その中には藤本と渋谷の姿も見えた。真剣な表情で何かを話している様子に、都和の足はそれ以上動かなくなる。

彼らの邪魔《じゃま》をしてはいけない。そんな思いが都和の動きを止め、目を伏《ふ》せて踵《きびす》を返した。

「――――あれ、宮城主任？」

その時、制作部の社員と顔を合わせ、彼は怪訝《けげん》そうに都和に声をかける。

「うちに用ですか？　もしかして、また何か問題でも……？」

比較的自由な気質の者が多く集まる制作部は、度々、都和から叱責《しっせき》を受けていた。この日もそうなのかと恐縮《きょうしゅく》する社員に対し、都和は首を横に振る。

「いや、忙しそうだから後にするよ」

「は、はあ……」

どこか腑《ふ》に落ちない様子で都和を見送る社員の横を足早にすり抜け、逃げるように階段へと向かった。総務部のフロアに入ると、杉下はミーティングにでも入っているのか、席を外している。都和はそれを見て、あからさまにホッとした。杉下に対しそんなふうに思ったことなど、これまで一度もなかったのに。

屈辱に唇を噛みしめながらも、とにかく仕事をしなければ、とPCを立ち上げる。作りかけの資料のファイルを開くが、目が画面を滑《すべ》り、ちっとも集中できない。そのうち杉下が戻ってきて、都和の意識はますます散漫《さんまん》になった。杉下がこちらをちらりと見る度に、肌を虫が這うような不快感を覚える。

――――こんなんじゃダメだ。どうしたらいい。

「――――宮城君」

ふいに杉下が都和を呼んで、その声にびくりとした。顔を上げると、席から手招きをしている。

「……はい」

「宮城君、ここ、数字違ってるよ。これ去年の数字だ」

しまった。

普段ならありえないようなミスをしてしまった。杉下は都和を見上げ、にやにやと笑っている。

「宮城君も、こういう凡《ぼん》ミスをするんだねえ」

「――――申し訳ありません。すぐに直します」

フロアにいる社員の視線が都和に集まった。皆驚いたようにこちらを見ている。その中には、いつも周りに厳しい都和がミスを指摘されるというレアな光景に、好奇《こうき》の眼差《まなざ》しを向けている者もいる。

だが、ミスをした自分が悪い。

都和は甘んじてその屈辱を受け、自分のデスクに戻ると、書類の不備を直し始めた。

屋上は社員のために解放されており、そこかしこに置かれたベンチでは昼食をとっている者や、食後の飲み物などを飲んでいる者、居眠りをしている者などがいた。日差しが植物に降り注ぎ、目に優しい印象を醸《かも》し出《だ》している。だが、都和の精神状態は、それとは真逆に沈んでいた。

建物の陰《かげ》に置かれているベンチに一人座り、コンビニで買ったパンを味気《あじけ》なく囓《かじ》る。食欲はあまりなく、二つ目のパンに手をつける気力はなかった。

二日前、杉下から動画の件を告げられてから、まだ連絡はない。その間、都和は気持ちが休まることはなく、昨夜《ゆうべ》も眠りが浅かった。

（いつまで続くんだろう）

戦々兢兢《せんせんきょうきょう》としている都和を、気味《きみ》がいいと観察しているつもりなのだろうか。何か要求するというのなら、早く言って欲しかった。そしてこんなふうに気持ちが揺れ動く自分が情けなくて仕方がない。

（負けないと思っていたのに）

それなのに、ちょっと脅《おど》されただけで仕事にも支障《ししょう》をきたすほどに動揺してしまうなんて、悔しいと思った。

都和は重いため息を吐き出し、ベンチの背に身体を預ける。

「主任」

ふいに知っている声に呼ばれて、都和は反射的に視線を向けた。そこには、藤本と渋谷が立っていた。ある意味、今は一番会いたくない人物だった。

「ここにいたんですか。屋上なんて、珍しくないですか?」

都和はいつも社食か自分のデスクで昼食をとる。屋上に上がってくることは滅多《めった》になかった。

「別に。たまたまだ」

「たまたま、ねえ…」

渋谷がひょいとベンチの背を飛んできて、都和の隣に腰を下ろす。袋の中に残っているパンを見て、それを手に取った。

「食べないんすか?」

「やる。食欲がないんだ」

「あざっす。…でも、どうして?」

都和は答えなかった。視線をふいと彼らから外す。

「どうかしたんですか? こないだ、うちのフロアまで来たでしょう。主任のこと見たって奴が言ってました」

「通りかかっただけだ」

都和は立ち上がり、彼らの前を通り過ぎようとする。だが、藤本に腕を摑まれた。

「待ってください。何か変ですよ主任。どうかされたんですか」

都和は顔を伏《ふ》せる。彼らの顔を見ると、話してしまいたくなった。

もしも今の状況を打ち明けたら、おそらく彼らは都和を助けようとしてくれるだろう。だが、社内の人間と事を起こすのはよくない。いくら藤本が関係会社の社長令息《れいそく》だと言っても、それこそ彼の父親の立場というものもあるだろう。

「離せ」

都和は彼の腕を振り払った。

「しばらく忙しい。業務以外では声をかけないでくれ」

とりつくしまのない言葉を投げかけると、彼らは驚愕《きょうがく》したような表情を浮かべる。それを見たくなくて、都和は視線を逸《そ》らした。

「もう、うんざりなんだ」

昔の過失を抱えて生きていくのも、それを責められるのも。

そして昔のことを責められるのに怯《おび》える自分も、そんな自分の中にある淫蕩《いんとう》さも、自身がとても猥雑《わいざつ》な存在のようで嫌だった。

彼らの所属する制作部はこの会社において花形の存在だ。その中核《ちゅうかく》を担《にな》う藤本と渋谷の経歴に傷をつけるのは、本意ではない。彼らが都和に対して執着を抱いてくれたのは嬉しくも思ったが、やはり、あんなことはもう続けていくべきではない。

「遊びはやめよう」

「遊びって」

渋谷が何かを言うよりも早く、都和はその場から立ち去った。さすがの彼らも人のいる屋上では強引なこともできないとみえて、追っては来ない。

(これでいい)

彼らを巻き込むことはできない。これは都和自身の問題だ。

屋上から、階下へと降りながら、都和は自分に言い聞かせる。どんなことも、自分一人で受け止めるつもりだった。


杉下からようやっと連絡が来たのは、あれから更に二日後のことだった。

都和はいっそほっとした。一体いつ何を言われるのかというこれまでの不安は、少なくとも終わる。

都和は頭の奥の鈍い痛みを自覚する。あれからあまり眠れず、食欲もない。だが意地でも会社を休むことはしなかった。

渡された書類と一緒に手渡されたメモに、『明日の夜二十時に、資料室で』と書いてある。

（よりによって、あそこか）

以前に、藤本と渋谷に、淫猥《いんわい》な行為をされた場所だった。よほど人気がなくて都合のいい場所らしい。都和はため息をつき、そのメモをそっとしまい込む。

あれから、彼らから連絡はない。きっと諦めたのだろう。それがいい。あんなリスクのある遊びはもうやめたほうがいい。

「――――」

胸の奥がじくじくと痛む。彼らに強引に抱かれた時の肉体よりも、今の心のほうが痛いと感じた。彼らにされた行為では、苦痛を覚えたことはほとんどなかった。尻を叩かれた時ですら、身体が感じたのは激しい熱さと快楽だった。

思い出すと同時に、身体の奥底がやるせなく疼く。だが、もう彼らが都和を抱くことはないだろう。この感覚は、鎮めなければならない。

ぎゅうっ、と握りしめた都和の手の爪《つめ》が、掌に鋭《するど》く食い込んだ。

「――やあ、さすが時間通りだね」

指定された二十時に資料室に行くと、そこではすでに杉下が待っていた。都和は一歩足を踏み入れると、室内を見回す。

ここで彼らに抱かれた。その時と同じ部屋のはずなのに、まるで違う場所のように思える。

「さっさと済ませてください。何が目的なんですか？」

「あの動画に出ていたのは、君なんだね？」

都和は答えなかった。それが答えだと思ったのか、杉下は一歩距離を詰める。都和は後ずさった。

「まったく、可愛げがないな、君は――――。新入社員の時はそうでもなかったのに」

杉下は自分のネクタイをゆっくりと緩《ゆる》めながら言う。

「あの日、酔っ払った君はとっても可愛かったよ。ほんの少し酒に薬を入れただけで、正体不明になってしまうんだものな」

「……え？」

杉下の言葉に、都和は瞠目《どうもく》した。

「泥酔《でいすい》した君を送る体《てい》で店から連れ出して、ホテルに連れ込んだよ。理性の働きが鈍くなった君は私に甘えてきて、とっても可愛かった。身体中にキスをするといやらしい声を上げて悶えたんだ」

「――――……」

どくん、どくん、と心臓が早鐘《はやがね》を打つ。杉下は何を言っているのだろう。六年前、都和が例の動画を撮られた日。あれはいったい、誰だったのか。

「……課長だったんですか」

やっとのことで絞《しぼ》り出した都和の声は、掠《かす》れていた。

「そうだよ。あれからずっと君を見ていた。もしかしたらやめてしまうかと思ったんだが、宮城君はずっとがんばっていたね。仕事で成果を出して、みるみる出世して、その歳で主任だ。そのうち私も抜かれてしまうかもしれない」

頭がズキズキと痛んで、都和は額《ひたい》を押さえる。吐《は》き気《け》すら込み上げてきた。あの夜、都和を犯した張本人と、六年も一緒に仕事をしていたなんて。

杉下はスマホを取り出し、その動画を再生して画面を都和に見せた。目隠しをされ、理性を失ったように喘いでいる自分。思わず目を背《そむ》けたくなった。

だが、そこで都和が感じていたのは、猛烈《もうれつ》な憤りだった。なんて卑怯《ひきょう》な男なのだろう。得体の知れない不安と戦っている都和を、ずっと側で見ていて、嘲笑《あざわら》っていたなんて。

「けれど最近、君は制作の奴らと仲良くしているみたいだね。ああいうのはよくないなあ」

「それは、課長に関係ないと思います」

「あるとも。君は私の部下であり、大事な子なんだ。他の男の手垢《てあか》がついたらいけないからね」

都和は何故《なぜ》かおかしくなって口の端《はし》を上げた。杉下の動画のせいで、都和は藤本と渋谷に見いだされ、とっくに抱かれてしまったというのに。

「何がおかしい」

「それで焦《あせ》って手を出そうと思ったわけですか」

「君はあの時のことを忘れようとしているようだ。思い出させてあげないと、と思っただけだよ」

「卑怯者」

忘れるも何も、都和はあの動画に記録されていることを、体感として覚えていない。

「何とでも言ってくれていいよ」

杉下の手が都和の上着に伸びた。手を差し入れられ、シャツの上から身体を撫で上げられると、ぞわりと悪寒《おかん》が走る。

「やめてください」

「君はこういうことが好きなはずだろう？　あの時も、あんなに悦んでいたじゃないか」

「―――」

都和はカッとなり、杉下の手を払いのけた。それに気分を害したらしい杉下が、都和の腕を強く摑んでくる。

「おとなしくしろ。動画のことを、社内に知られてもいいのか」

都和は唇を嚙んだ。この男の悪巧《わるだく》みに引っかかって、五年もそれを気にして生きてきた。それなのに、まだ辱められるというのか。

都和の身体から力が抜けた。もうどうにでもしろという、捨《す》て鉢《ばち》な思いからだった。

「そうだ。大人しくしていれば、悪いようにはしない。あの時みたいに、よくしてあげよう」

杉下が都和に覆《おお》い被《かぶ》さろうとした。顎《あご》を摑まれ、唇を犯されそうになる。

その瞬間、カシャリ、という、乾《かわ》いたシャッター音が響いた。

「――なんだ?」

杉下が振り返り、都和も目を開けた。その目に映った光景を、思わず疑ってしまう。

「はい、証拠《しょうこ》の現場押さえましたー」

「杉下課長、重大なコンプライアンス違反ですよ。セクハラです」

渋谷がスマホを構え、藤本も側に立っていた。都和は彼らがいることに啞然《あぜん》とする。何故、今ここにいるのだろう。

「な、なんだ、君たちは」

「何って、それは俺たちの台詞《せりふ》ですけど」

「少し様子を伺《うかが》ってましたが、宮城主任はやめてくれとおっしゃってましたよ。合意のない行為は、犯罪《はんざい》ですが」

藤本の言葉に、杉下はにわかに焦り出す。

「いや、これは違う。違うんだ。なあ宮城君」

慌てて取り繕《とつくろ》おうとする杉下に、都和はそっぽを向いた。乱れた上着を無言で直す。

「そ…そうだ。彼はいかがわしい動画をネットに上げていたんだよ。これだ。私はその真偽《しんぎ》を問いただしていただけだ」

杉下はスマホを手に取り、藤本達に動画を見せた。彼らはちらりとそれを一瞥《いちべつ》してから告げた。

「これが宮城主任だって言うんですか？　ぜんぜん顔がわかんないすけど」

「この程度で本人だと特定してしまうのは、言いがかりに近いものがありますが」

彼らは、都和自身に以前言ったこととは正反対のことを杉下に言ったので、都和は少し驚いた。

「宮城主任。その動画に出ているのは、本当に主任なんですか？」

「違う」

都和は即答《そくとう》した。

「それは私じゃない」

「だ、そうですけど」

薄く微笑む藤本に、杉下は顔色を白くした。そんな杉下に、藤本は続ける。

「それと、杉下課長――――、あなたは、社員教育を請け負《お》う業者に便宜《べんぎ》を図《はか》りましたね？」

突然の藤本の言葉に、都和も瞠目する。

クロウアイルの社員教育のメニューは、社内で考案するものと、外部に委託《いたく》するものとがある。都和が手がけるものは自身で内容を組み立てていたが、杉下は外部委託を使うことがしばしばあった。今は来年度の新入社員研修メニューを作成している最中だったが、杉下の挙げたメニューに、本来なら自社で充分補えるはずのものを外注指定しているところが見受けられたので、都和も不自然に思っていたところだった。

「あなたは研修を請け負う外部の企業に個人的に便宜を図り、受注に有利なように動いていた。課長のこれは、れっきとした社内規定違反ですよ。バレれば懲戒《ちょうかい》ものでは？」

都和も知らなかった藤本の言葉に呆然《ぼうぜん》としていると、目の前で杉下がわかりやすく汗をかきはじめた。

「課長、それは本当なんですか」

都和が冷えた声で問いただすと、杉下は首を振る。

「そ…そんな事実はない。ぬれぎぬだ」

「なんなら証拠も押さえてありますが」

「見せてみろ」

「それはできません。けれど、調べればわかることではないでしょうか」

杉下の視線があちこちに移動した。保身を必死に考えているのだろう。すかさず藤本が畳《たた》みかけた。

「今なら、私の胸の中だけにしまっておいても構いません。そのかわり、どうすればいいのか、おわかりですね？」

交換条件ということらしい。杉下は難しい顔でしばし黙《だま》っていたが、やがて咳払《せきばら》いをすると、藤本に向かって告げた。

「いいだろう。宮城君のことは、見なかったことにする」

「賢明《けんめい》な判断です」

杉下は、その場から逃げるように去っていった。

「行っちゃいましたね。藤本さん、証拠なんていつの間に押さえてたんです？」

「いや、証拠はないぞ」

「なんだ、はったりかあ」

「けど、うまいこと言ったろ？」

残された彼らの会話に、都和は脱力する思いだった。だが、当面の危機は去った。緊張から解放され、壁に背中を預ける。

「大丈夫ですか、主任」

「今のはどういうことだ。どうしてお前が不正のことを知っている」

藤本が苦笑した。

「これ言うと主任に誤解されるかもしれないんで、あまり言いたくなかったんですけど……」

「誤解しないから話せ」

都和にせっつかれ、藤本は口を開いた。

「前に仲良くしていた人事の派遣の女の子から、杉下課長が悪いことをしているかもしれないって言われたんですよ。ああ、もちろん、仲良かったのは主任とこうなる前ですから安心してください」

「……うちの派遣というと…、まさか」

「駒田《こまだ》です」

脳裏に、いつも都和に対してびくびくしている派遣社員が思い出される。

「どうして彼女がそんなことに気づいたんだ」

「以前、杉下課長に口説《くど》かれたことがあったようで……その時にポロッと口に出したみたいです。駒田は派遣ですし、課長も気が緩んだんじゃないですかね」

「なんだって」

都和は愕然とした。正直なところ、ショックだった。自分が気がつかなかったというのもあるが、駒田は主任である都和に、どうして話してくれなかったのだろう。

「そりゃー無理もないっすよ。主任、駒田さんに怖がられてたんですよ。そんなデリケートな問題、言えるわけないじゃないすか」

渋谷の言うことはもっともだった。自分の、人を寄せ付けない空気が、部署内で大変な問題を起こしてしまったのだ。

「……反省しないといけないな」

「まあ、主任の可愛いところが皆に知られるのは、微妙《びみょう》な気分ですけどね」

急に独占欲《どくせんよく》の強い男の顔を垣間《かいま》見せてくる渋谷に都和は困惑《こんわく》する。けれど、彼らと関わらなければそういったことにも気づけなかっただろう。

「まあ、動画の件については、万《まん》が一《いち》広められてしまったとしても、あれを主任だとわかる者はいないでしょう。向こうの証拠についても、これから押さえればいいことです」

「そんなことができるのか？」

「俺はこの会社の人間じゃないですし、そういった点で、話しやすいと思ってくれて、いろいろ相談してくれる人は多いんです」

藤本は片目を瞑《つむ》った。彼は、いずれ自分の会社を継いだ時に、それまで培《つちか》った見識を役立てる時が必ず来るだろう。それだけの器《うつわ》のある男だと思った。

「……すまない。ありがとう」

都和は殊勝に頭《こうべ》を垂れる。初めは、とんでもない奴らだと思っていた。けれど結局のところ、都和は彼らに助けられている。

「この間は、ひどいことを言ってしまって、その、すまないと思っている……」

「別に大丈夫ですよ。主任が余裕なかったってことは、わかってますから。でも、お仕置きされたいって言うなら、俺らは大歓迎ですけど」

「っ」

都和は息を呑んで顔を赤らめた。あさましい欲望を知ってしまった身体が、責められることを思い出して熱を灯《とも》す。

「そ、れは、っ…」

「でもまずはちゃんと寝て、食ってください。それから気合い入れてセックスしましょう？」

渋谷のあからさまな口調は、都和の罪悪感《ざいあくかん》を軽くしてくれる。それくらいはわかるほどに、都和自身、彼らに惹《ひ》かれてしまっているのだ。きっと。

そう思った時、急に足元から力が抜けて、都和は立っていることができなくなった。ふらついた身体を、渋谷が抱き留めてくれる。若く力強い両腕に、思わず縋り付いた。

「あーあ、こんなになっちゃって……。まずはメシですね。今日は何もしないんで、焼き肉でも食いに行きましょう。藤本さんの奢《おご》りで」

「主任にだけ奢る。お前は払《はら》え」

「まじすか」

二人の会話に、都和は思わず吹《ふ》き出《だ》してしまった。そんな都和を、彼らはじっと見つめる。

「花が咲いたみたいに笑うんすね」

「……え？」

「あなたの泣いた顔や色っぽい顔を見ると興奮しますけど、笑った顔は舞い上がりそうな気分になります」

真面目な顔でそんなふうに言われて、都和は面食《めんく》らった。くすぐったい気持ちになり、少しいたたまれなくなったが、なんだか気持ちが軽くなって、縋っていた渋谷の肩を離した。

「飯のことを話したら、なんだか食欲が湧いてきた。行こう。奢ってくれるんだろう？」

「…ええ、もちろん！」

都和は自分からドアを開けて出ていく。

とても久しぶりに、晴れ晴れとした気分だった。

「じゃあ、覚悟はいいっすか？」

「体調は元に戻ったみたいですね」

二人の男を前にして、都和は神妙《しんみょう》な顔でこくりと頷く。

あれから半月ほどが経った。杉下の件で心身ともに疲弊《ひへい》した都和だったが、彼らのおかげで公私ともに平穏《へいおん》を取り戻し、休養とバランスのとれた食事をとったところ、一週間ほどで復調した。

それから都和は自分から彼らに連絡をし、週末の夜、こうしてホテルの部屋にいる。こういった行為をするのは久しぶりなので、都和はひどく緊張していた。不安と、そして期待が肌の下で渦巻《うずま》いている。自分でもはしたないと思うが、どうにもならなかった。

すでにシャワーを済ませて、ガウン一枚の姿で彼らの前にいる。藤本と渋谷は、ベッドの端に腰掛けて都和を見ていた。

「ずっと、自分は汚い存在なんじゃないかと思っていたんだ。あの動画の中の俺は、すごく淫乱だったから――――。だから自分を律しようとして、他人にまできつく当たってた」

「仕方ないですよ。多分、杉下課長が盛った薬には、媚薬《びやく》効果があったんだと思います」

「パーティドラッグの上位版みたいなヤツっすね」

二人は都和に過失はないと言ってくれた。彼らが都和に対してとても優しいということに今頃になって気づく。

「主任が泣いて嫌だって言っても虐めて、何回もイかせてあげますね」

「何も心配することはないですよ。俺たちが責任持って面倒みます」

「大丈夫なんだろうか。こんな身体で」

「――――」

そんなふうに言われると、腰の奥が収縮して疼き始めてしまう。そんな都和を見つめて、藤本がまるで命令を下すように言った。

「ガウンを脱いで、裸《はだか》になってください。あなたのいやらしい身体を俺たちに見せて」

「……っ」

都和の全身が痺れたように震える。もたつく指で必死にガウンの帯を解き、肩からそれをはらりと落とした。肌触りのいい生地でできているそれが、都和の足元に溜まる。

二人の視線が、まるで蛇《へび》のように都和の肢体《したい》に絡みついた。細身のしなやかな身体が薄く上気する。桜色《さくらいろ》の乳首が、ピン、と勃ち、無毛の脚の間のものがおずおずと頭をもたげている。

あからさまに発情している身体を見られ、恥ずかしくてどこかへ飛んでいってしまいそうだった。

「はあ〜、主任がエロすぎて俺もうどうにかなりそう」

口元を押さえながらぼやく渋谷に、藤本が神妙な顔で頷く。

「右に同じだ」

「こっちが我慢できなくなりそうっすよ」

渋谷は持参してきた鞄《かばん》の中に手を突っ込み、赤く染められた縄《なわ》を取り出した。

「今日はめいっぱい悦ばせてあげますね」

「主任の好きなことを、たくさんしてあげます」

そう言って手を伸ばす彼らに向かって、都和の足が一歩踏み出す。足元が覚束《おぼつか》なくなって、ふらふらと頼りなく歩いてきた都和を、彼らは優しく抱きしめてくれた。

「縛ってあげますね」

「んうっ」

両腕を後ろに纏《まと》められ、縄をかけられて締めつけられる。ぎゅうっ、と身体が締まって、くらくらと目眩《めまい》がするようだった。渋谷は手際《てぎわ》よく都和の身体を拘束《こうそく》していく。

「こ、こんなの、どこで覚えて……っ」

「いくらでもネットにのってますよ」

「今日はこっちも縛りますから、脚を大きく開いてください。そう…」

藤本が自分の身体に寄りかからせるように都和の身体を支え、両脚を大きく開かせる。そこに渋谷の手が器用に入り込んで、都和の下半身も縛り上げてしまった。

「あ、あああっ」

陰茎の根元をぐるりと巻かれ、双丘の狭間にまで縄が食い込んでくる。ちょうど後孔にあたるところに結び目が当たり、締め上げられるとそれが食い込んできた。

「あ、あ、くひぃ…っ」

肉体の芯に電流が流れる。身じろぎするとあちこちがぎしぎしと軋《きし》んで、脳髄《のうずい》が焦《こ》げつきそうなほどに興奮が押し寄せた。肌がじんじんと疼く。

「よし、じゃあ仰向《あおむ》けになりましょうね」

「お仕置きの始まりですよ、主任」

「あ、これ、だめっ…、あっ、あっ、ああ…っ！」

身体中に縄を這わせられたまま、ベッドの上に仰向けに倒された。すると動きに伴《ともな》って縄に食い締められ、身体の芯にはっきりとした快感が走る。

「うあ、ああ、んぁああぁ…っ！」

身体の奥がもの凄く切なくなった瞬間、びりびりと電流にも似た刺激が体内を走った。腰がせり上がり、根元を縛られた屹立の先端から、とろとろと白蜜が零《こぼ》れる。

「あ――――あ、あ…っ」

都和は達していた。淫《みだ》らに縄をかけられ、その刺激と興奮でまだ何もされていないうちから

イってしまったのだ。陰茎の根元に縄を巻かれているせいで中途半端《ちゅうとはんぱ》に精路が塞がり、ほんの少しずつしか射精ができない。それが絶頂を長引かせ、都和の腰はずっと痙攣《けいれん》していた。

「イってしまいましたか？　縛られるのが気持ちよかったんですね」

「最初からそんな飛ばしちゃっていいんすか？　まだ始まってもいませんけど」

二人の男がくすくすと笑いながら、左右から都和の開かれた内腿《うちもも》を撫でる。

「あ、あ…っあ…っ！」

張り詰めた内腿を優しく撫で回してくる藤本の指が、時折、脚の付け根に伸びた。指先でつうっ、と裏筋を撫で上げられて、また尻が浮いてしまう。

「んぁあぁ…んんっ…！」

「ここ、優しく撫でてあげますね。気持ちいいでしょう？」

「あんっうっ、つ、つら…い…っ」

イったばかりのものを柔らかく触れられ、それだけでも感じてしまってつらいのだが、根元を圧迫されているせいで鋭敏《えいびん》になってしまっている。先端をくすぐられると、泣くような声が都和の喉から上がった。

「あっ、あーっ、あーっ」

「ほら、主任の好きな先っぽ、こうしてくちゅくちゅされるの好きですよね」

「ああ、あっだめっそこっ、…痺《しび》れ、るっ…」

「こんなにつるつるして子供みたいなのに、すごくいやらしいんですね。可愛いですよ」

低く甘い声に煽られていく。都和のそれは刺激されてまた張り詰めていくが、硬度をます毎に縄に食い締められていった。つらいのに、気持ちいい。相反する刺激が、都和の理性を溶《と》かしていく。

「こっちはどうですかね？」

渋谷の指先は後孔へと伸びていた。そこは縄目を咥《くわ》え込《こ》み、ひくひくと蠢いている。その縄目を、ぐぐっ、と中へ押し込むようにされると、肉環の入り口が快感を訴えた。

「あ、あっ…ひっ」

下腹をずくん、と愉悦《ゆえつ》が突き上げる。

「あっ、あぁぁ…んんっ」

「すごいっすね。呑み込まれていく」

とは言え、それは縄の結び目であるので、せいぜいが入り口を刺激していくだけだった。決してそれ以上は入ってこないもどかしさに、都和の媚肉がひっきりなしに収縮する。

「ねえ、ほら、すごいっすよ。こんなに入ってく」

渋谷が指を沈めると、縄目がずぶぶ…と後孔に入り込んでいく。そして指が離されると、ゆっくりと戻っていくのだ。

「うあ、あ…っ、ひっ、ひ…っ」

奥まで貫かれて、思い切り突き上げられた時の快感を知っている都和の肉洞は、そんな生殺《なまごろ》しの愛撫には耐えられない。それなのに前後を同時に焦らされて、おかしくなってしまいそうだった。

「もう、や、ああ、つら、い…っ」

身体がとろ火で炙られているようだ。それなのに、彼らは都和の乳首を舌先で転がし、吸ってきた。

「んぁぁあ、はあぁあ…っ」

胸の先からじくじくと快感が広がって、腰の奥と直結する。そうなると、身体中が痺れて、内側が沸騰したようにぐつぐつと煮えたぎるのだ。脚の指が、快感と焦れったさで、ぎゅうっ、と丸まる。

「ああ――――くぅうんっ…」

「そんなに腰振っちゃって。気持ちよさそうっすね」

「ひ…ぅ、や、もっと、もっとちゃんと…、さわっ、て」

「お仕置きですから、ダメですよ。だけど主任、こうして焦らされるのも好きでしょう?」

感じてしかたのない場所に、指がさわさわと這い回る。後ろも、縄の結び目をとんとんと叩かれて、振動が内壁に響いた。

「あっ、あっあっ!」

上気した都和の肢体が男達の間で仰け反る。先端から溢れた愛液が根元まで伝い、縄の脇を通って後ろの結び目まで濡らしていた。

「相変わらず、すごい濡れっぷりっすね」

「ん、んん、や、押し込むな…っ、んん、う」

抗議する声も、渋谷に口づけで塞がれた。ぴちゃぴちゃと舌が絡み合って、都和は甘く呻《うめ》く。

渋谷が口を離すと、顎を摑まれて反対側を向かされた。今度は藤本に深く口づけられて、口腔《こうこう》の粘膜を舐め上げられる。頭の中がじんじんして、何も考えられなかった。

「は、あっ…あっ」

「…イきたいですか？」

都和は涙目でこくこくと頷く。

「でも、さっき縛られただけでイっていたでしょう？」

「そ…じゃ、な…っ」

じわじわと愉悦を与えられるままで、都和は必死にかぶりを振って訴えた。

「もっと、いっぱい…っ、つよく、触ったり、吸ったり、して ほし……っ」

「ふふ、いい子ですね」

藤本に優しく唇を吸われると、胸が締めつけられるような気持ちになって、都和は啜《すす》り泣《な》いた。

「俺たちに、気持ちのいいところを思い切り可愛がって欲しいですか？」

「ん……っ」

都和は心の底から頷いた。彼らは都和の本当の姿を暴《あば》いてしまった。これまで目を背け続けてきたそれを露わにされた時は、耐えがたい屈辱を感じたが、この男達はそんな都和を受け入れてくれたのだ。

「なら、俺らのものになるって言ってくださいよ」

――そうしたら、息もつかせぬほどに愛するから。

都和はその瞬間、とてつもなく大きな悦びに、全身がはち切れんばかりの想いを感じた。きっと彼らは、都和に従属《じゅうぞく》と支配の両方を与えてくれる。

「な……るっ」

震える唇が、男達の望む答えを紡《つむ》ごうとしていた。

「なる、から…っ、お前達の、ものに。いつでも好きにして、いいから……っ」

だから、めちゃくちゃにして欲しい。あの動画の行為など上書きしてしまうくらいに、激しく責めて欲しかった。

「――これで、主任は俺たちのものですね」

「後から嫌とかいうのはなしっすよ。覚悟してくださいね」

都和の脚が、更に大きく開かれた。何を、と思う間もなく、渋谷の頭がそこに沈む。都和のものは彼の熱く濡れた口内に咥えられ、音を立てて、じゅう、と吸われた。

「あああっ」

腰骨が灼《や》けるほどの快感が突き上げる。仰け反った都和の両の乳首を、藤本に摘《つ》まみ上げられ、こりこりと揉みしだかれた。時折、指先でぴんぴんと弾かれたかと思うと、ぎゅうっ、と押し潰されるように刺激される。

「あっ、あっ、ああん…っ、ん――――っ」

舌先で根元からそりそりと舐め上げられ、くびれにねっとりと舌を這わせられると、腰が抜けそうになった。立てた膝頭《ひざがしら》がガクガクとわななく。

「ほら、主任の好きなことですよ」

「ふあっ、あ、アっ」

都和の口の端から唾液《だえき》が零《こぼ》れた。顎を伝うそれを、藤本が舌先で舐め上げる。

「エッチな汁、いっぱい出してくださいね――――。全部舐めてあげますから」

「ひぁあっ、あっ、恥ずかし……っ、あ、あぁ――――…っ」

先端の小さな蜜口を、渋谷の舌先がぐりぐりと穿《うが》ってきた。強烈な快感が脳天を貫き、背筋がびりびりと痺れる。

「き、もちい…っ、あっあっ、い、イくぅうう……っ、〜〜〜〜っ！」

自身を卑猥に吸われて、都和は絶頂に達した。だが陰茎の根元を縄が締め上げているせいで、少しずつしか蜜液が出せない。そのせいで、極みは長く、永遠に続くかのようだ。

「ひぃ……い、あっ、あ――――……っ、く、ふうぅ…っ」

がくん、がくん、と腰が揺れた。気持ちがよすぎて泣きじゃくる都和の乳首を優しく転がしながら、藤本が濡れた目尻に舌を這わせる。

「主任…、ああ、なんて素敵《すてき》なんだ……」

熱っぽい声が囁く。都和は恍惚と興奮で、頭の中がずっと痺れていた。

「……ふう」

しばらくすると、渋谷がようやっと顔を上げる。彼は都和が放ったものをすべて飲み下してしまったようだ。

「主任のこれ、口の中でずっとびくびくいってて、すげえ可愛かったっすよ。いくらでも舐めてられますね。今度、耐久《たいきゅう》フェラ会しましょうか。俺と藤本さんで交代しながら一晩中ずっと主任のしゃぶるっての」

「そ…そんなの、死んでしまう……」

腰を細かく痙攣させながら都和は言った。口淫されるのは今でさえ感じすぎてしまうのに、これを夜通しされたら、どうなってしまうのかわからなくて恐ろしい。

「そりゃいいな。今度やるか。けどまあ、とりあえず今夜は……」

「あっ」

藤本が都和をひっくり返し、うつ伏《ぶ》せにさせてから腰を持ち上げた。都和は両腕を後ろ手に固定されたまま、肩だけで身体を支える格好になる。

「こっちを舐めるか」

藤本の手が腰の後ろで動いたかと思うと、ふいに下半身の縄の圧迫がなくなった。そこだけ解かれたのだと思った時、双丘が押し開かれて、秘部が露わにされた。

「んあっ…」

「……すごいな。ふっくらと充血して、ヒクヒクしてる」

そこは縄の結び目でさんざん感じさせられていて、すでに蕩《とろ》けきっている。早く奥まで突き上げて欲しいと、肉洞が蠢いていた。藤本はその場所に、ふうっ、と息を吹きかける。

「ひあ、あんっ…」

「物欲しそうですね」

熱く濡れた感触が、ぴちゃり、と後孔に押し当てられる。ずくん、とした疼きが、下腹に込み上げた。

「ああー…っ、だめ、そこ…っ、舐めた…らっ…！」

肉環の皺《しわ》の一本一本までも丁寧に濡らすように、藤本がそこを舐めていく。肉環の入り口が、じいん、と痺れ、肉洞が震える。唾液を中に押し込むようにされると、もう我慢ができなかった。

「あっ…あっ…！」

「お尻舐められて気持ちいいですか？　主任……」

都和の引き締まった下腹を撫で回しながら渋谷が問う。

「あ、は…っ、き、きもち、いい…っ」

「俺も気持ちいいとこ、触ってあげますね」

渋谷は都和の脚の間で、再び頭をもたげているものを握り込む。びくっ、と、都和の内腿が震えた。

「あ、ア、あん、ああ…っ」

前と後ろにたまらない快感が走る。体勢のせいでろくに身動きもできない状態で、こんないやらしいことをされているという事実が、都和を更に昂ぶらせた。やがて藤本の舌が肉環をこじ開けると、腹の奥にじゅわじゅわと快感が広がる。

「ああ、ア！　だめ、いく、イく……っ！」

シーツに頭を押しつけたまま、都和はかぶりを振った。肉洞が激しく痙攣し、肉体の芯が、きゅううっ、と引き絞《しぼ》られる。

「ふあ――……っ」

びくん、びくん、と全身を痙攣させながら、都和は達した。渋谷に弄ばれているものの先端から、白蜜が弾ける。

「…ふ、すごい、とろとろだ」

藤本の舌が後ろから離れる時、彼は感嘆《かんたん》するように言った。都和は自分のそこがどんな状態になっているのかは見えなかったが、藤本に舐められて達してしまい、はしたないことになっているのはよくわかる。羞恥《しゅうち》に背中が真っ赤に染まった。

「俺たちがあなたに挿入《はい》る時、いつもどんなことを思っているのかわかりますか？」

「ふあっ」

そこにぴたりと押しつけられ、またずくずくと内壁が疼く。

「あ、は、はやく――――、早く」

都和は自ら腰を押しつけ、藤本のそれを迎え入れようとする。だが、彼は都和の腰をがっちりと摑んで、それを許さなかった。

「あんな動画なんか忘れてしまうほど、揺さぶってやりたい――――。そう思ってます」

「――――」

都和はその瞬間、瞠目する。けれど直後に挿入ってきた長大なものに貫かれ、口から出るのは嬌声《きょうせい》のみだった。

「あぁあぁあぁっ」

入り口から奥まで一気に這入《はい》ってきた衝撃《しょうげき》に耐えられず、都和は達してしまった。渋谷の手の中に、白蜜が溢れる。

「ひいっ、ああっ、ああっ」

上半身を起こされると、縛る縄が軋み、息が止まりそうになる。まるできつく抱きしめられているようで、頭の中がくらくらした。舐め蕩かされ、じんじんと疼いていた肉洞は、藤本の律動に強烈な快感を覚える。

「くうぅうっ…、ああっ、んうぅうんっ…！」

擦られる度に、腹の奥が引《ひ》き攣《つ》れるようにわなないた。背筋を快楽が這い上り、脳天へと突き抜けてゆく。

渋谷はそんな都和の身体中に指を這わせ、優しく嬲《なぶ》った。陰茎を扱かれ、乳首を転がされて、ひいひいと泣き喘ぐ。

あんな動画の快楽など、とっくに越えていた。都和は彼らに触れられるだけで、酒も薬もなしに発情してしまうのだ。

「あっあっいくっ、またイくうぅ…っ」

最奥を突かれると、都和はすぐに極めてしまう。奥まで侵入してくる藤本のものを思い切り締めつけると、背後で彼が短く声を上げた。また、いつものように中で出されるのだ。この腹の中を、彼のもので満たして欲しかった。

「な、なか、出して…ああっ」

「――――もちろんですよ。俺のものを一滴《いってき》残らず、この腹の中で飲んでもらいます」

じゅぷじゅぷと音を立てながら、太いものが中を抽挿《ちゅうそう》していく。男根の脈動が大きくなった。凶器のような先端が、最奥の一番感じるところを、ぐりっ、と抉《えぐ》る。

「あ、あ、あぁ――――…っ、〜〜〜〜っ」

快楽が大きすぎて、耐えられずに泣きじゃくったまま都和は極めた。内奥に熱いものが注がれる感覚にもまた達してしまう。

「……すごかったです。素敵でしたよ」

肩口に口づけられ、内部のものがゆっくりと引き抜かれた。混濁《こんだく》する意識の中で、都和は後ろを意識して締める。藤本が放ったものが、溢れないようにだ。都和は渋谷に向かって、訴えるように告げた。

「は、はやく…、出て、しまうから…っ」

言われた渋谷は一瞬きょとんとしていたが、すぐに思い出したようだった。都和の乱れた髪を撫でると、力の抜けた身体をそっとベッドに横たえる。

「ああっ」

「少しだけ、我慢しててくださいね」

渋谷は横になった都和の片脚を抱えると、下半身を交差させるように差し入れた。そして自分のいきり勃ったものを摑んで、濡れてヒクつく肉環に押し当てる。

「いきますよ」

「んっ、うっ、――――んあぁあ…っ！」

ずぶずぶと音を立てながら挿入してくる渋谷のものに、都和は総毛立った。這入ってくるだけで気持ちよくてたまらない。藤本の時がそうだったように、都和は最初の一突きで絶頂に達してしまい、シーツの上で仰け反って震えた。

「――――は、またイっちゃいました？」

「やあ、ああ、もう、また、イくう…っ」

いとも簡単に達してしまう肉体を止められない。いくら彼らでも、こんなに淫乱な身体では呆れられてしまうのではないだろうか。そんなふうに都和が怯《おび》えると、首筋を藤本が撫で上げてきて上を向かされる。

「いいんですよ。好きなだけてイって、気持ちよくなってください」

「ああ……でも…っ」

「主任を見つけた時、この人にハマったら絶対やばいって思ったんすけど、でもどうしても我慢できませんでしたからね。こうなったら、とことんハマってやりますよ」

渋谷はそう言うと、奥まで、ぐぐっ、と腰を沈めてきた。角度が異なる突き上げに、背筋がびりぴりと痺れる。

「あ、あ、んんっ…！」

「ね、これ、気持ちいいでしょ？　主任はここがたまんないはず…」

渋谷の先端が、さっき藤本がそうしたように、最奥の弱い場所にぶち当てられる。ずん、ずん、と抉られる度に、目の前がちかちかと瞬《またた》いた。

「あ、はあぁあっ…！　い、いい…っ！」

「俺のこと、好き…？」

「っ、すきっ、好きぃ…っ」

「主任、俺のことは？」

「ああ…好きぃ…っ」

都和は本能が命じるまま、腰を動かしながら夢中で口走る。藤本が身をかがめ、都和の股間のものにちろちろと舌を這わせてきた。

「ああぁあんっ…、ふああっ、そ、それ…、いぃ…っ」

「前と後ろ、いっぺんにされるの好きですもんね？」

「んんっ、だっ…て、すごく、感じる…っ」

媚《こ》びたような卑猥《ひわい》な言葉が都和の口から漏れる。昼間、オフィスで仕事をしている都和しか知らない者には、到底信じられないような声だろう。けれど、どちらも都和なのだ。

「可愛い――――、都和さん」

渋谷が都和を名前で呼ぶ。その途端、中がきゅううっ、と強く締まった。

「はっ、あんんっ、あっ！」

「うわ…、ちょ、やべ…！」

渋谷は焦ったような顔をすると、本腰を入れて都和を制圧しにかかる。ただでさえ蕩けきっているのに、容赦《ようしゃ》なく腰を打ち付けられて、理性が崩壊《ほうかい》しそうになる。

（ああ――――ダメだ。もうイってしまう）

前も吸われて、腰がガクガクとわなないていた。渋谷が腰を突き上げる度に、ぱちゅん、ぱちゅん、と卑猥な音が響く。

「ほら――――、出しますよっ」

「あっ、んっんっ、ああっ！　あ、熱いっ…！　んあぁあぁあ」

どくどくと音がしそうな程に注ぎ込まれる精に、都和はひとたまりもなく達してしまった。吐き出す白蜜を藤本に吸われながら、都和は失神してしまいそうな極みの中で、身体中でその快感を味わうのだった。


「……うっ」

縄が解かれ、腕が自由になる。うまく動かない腕を、藤本と渋谷がさすってくれた。

「大丈夫ですか？」

「……ああ…」

声も掠れている。あとしばらくは、ろくに動けないだろう。

「……まったく。渋谷に先を越されてしまいましたね」

藤本の声に、都和は視線を上げて彼を見る。藤本はどこか悔しそうな、少し困ったような顔をしていた。

「呼べばいいだろう」

都和はぐったりと横たわったまま言う。

「いいんですか？」

「何か差し支えがあるのか？」

「いえ」

藤本はそこで都和の手首を取り、縄の後に口づけながら呼んだ。

「ずっと離さないので、そのつもりでいてください。都和」

「――――」

「えっ呼び捨て⁉」

「一応年上だからな。……まずかったですか？」

渋谷に突っ込まれた藤本は、都和に確認を求めてきた。だがこちらは予想外のことにうまく反応できない。熱くなる頬を押さえた都和は、今更ながらに恥ずかしくなるのを堪《こら》えて言う。

「……問題ない」

「じゃあ、俺も呼び捨てでいいすか」

「お前は年下だからダメだ」

「まじすか」

いったい何を言っているんだ、というような二人の会話に、都和は思わず微笑む。すると男達は、都和の唇に代わる代わる口づけてきた。

「こちらご確認いただけますか」

「ああ」

都和は受け取った資料に目を通した。目の前には微妙に緊張した顔の駒田が立っている。

「大丈夫だ。ありがとう」

「は、はい、よろしくお願いします」

駒田は一礼して踵《きびす》を返す。都和はその背中に声をかけた。

「駒田さん」

「はいっ」

慌てて振り返る駒田に、都和は小さく笑いかける。

「次も更新《こうしん》したいと思います。よろしくお願いします」

派遣社員の彼女には契約更新の時期がある。その決定権を、都和は与えられたばかりだった。

「ありがとうございます――――。宮城課長」

駒田はほっとした顔をして、都和に頭を下げた。

杉下は結局、地方の関係会社へ転勤になってしまった。外部の請負企業に対して便宜を図り、私腹を肥《こ》やしていたことが結局上層部にバレてしまったらしい。藤本が動いたのかどうかは、都和にはわからない。一度聞いてみたが、笑って誤魔化《ごまか》されてしまい、答えてもらえなかった。もしかしたら報復《ほうふく》があるかもしれないと思って身構えてはいたが、今のところ何もない。確かにあの動画は、都和であるということを証拠づけるには難しいのだろう。おそらく、わかる者はそうはいない。彼ら以外には。

杉下がいなくなった課長のポストには、都和が就《つ》いた。この年齢ではかなり速い出世だ。

「ねえ、なんか最近、宮城課長、優しくない？」

「わかる。前のトゲトゲした雰囲気《ふんいき》がなくなってきたよね。話しやすくなったし」

そんな声を聞いた時、都和は思わず苦笑してしまった。自分の中で特に意識して切り替えたつもりはないが、やはり変化はあったらしい。以前は自分を守るために、周りに対して必要以上に攻撃的《こうげきてき》だった。おそらく今のほうが都和の本質に近いのかもしれない。長い間、見失っていた自分にようやっと会えた気分だった。

その日も仕事を終え、今日は待ちに待った週末だった。都和はフロアを出て、会社の近くのカフェに入る。

「お疲れ様です、宮城課長」

「お疲れっす」

顔を上げると、藤本と渋谷が立っていた。都和も「お疲れ様」と返す。

「どうですか、課長職は」

藤本がテーブルの上にトレイを置きながら言った。その上にはコーヒーとカフェラテが乗っている。

「ようやっと慣れてきたところかな」

「課長は優秀ですから、きっとすぐに慣れます」

「よく言う」

都和は笑って自分の紅茶のカップに口をつけた。

「うちの部署でも、課長の噂《うわさ》で持ちきりっすよ。最近めちゃめちゃ雰囲気変わったって」

渋谷がドーナツを頬張りながら告げる。都和は首を傾《かし》げ、微《かす》かに眉《まゆ》を顰《ひそ》めた。

「あんまり噂されるのも、恥ずかしいんだが」

「恥ずかしがり屋ですもんね」

何かを含《ふく》むような渋谷の言葉に、彼をちょっと睨《にら》みつける。

週末の夜は、よくこうやって三人で落ち合い、食事をしてから一緒に過ごす。今夜もきっと、ひどく優しく責められてしまうのだろう。それを思い起こさせるような言葉に、頬の内側が熱くなった。

ここはまだ人がいる。今はまだ、よそ行きの顔をしていたかった。本性を晒《さら》すのは誰もいないところ、彼らの前だけでいい。

「――あんまり、そんな可愛い顔しないほうがいいですよ」

目の前で、頬杖《ほおづえ》をついた藤本が言う。

「我慢できなくなる。ここで襲ってしまいそうだ」

彼らにはほんの少しの変化でわかってしまうのだろうか。その安心感と、恥ずかしさ。

「な、何を言ってる」

都和は思わず慌てた。

「もう御免《ごめん》だからな。会社でするのとか――」

「ああ、あれは」

藤本が言った。

「あれはなかなかスリルありましたけど、まあリスクもありますし、しばらくは控《ひか》えますから安心してください」

「しばらくって」

それはまたいつかやるということだろうか。そんなことは冗談《じょうだん》ではないという気持ちと、ほんの少しの期待が都和の中でせめぎ合う。都和自身も、自分の中の相反する感情と欲望は、手に余るところがあった。

でも彼らは言ってくれたのだ。都和の淫らさを引き受けるから、安心していいと。

「夕メシ、何食います？　焼き肉？」

ドーナツを食べ終えた渋谷が言う。

「お前はそればっかりだな。課長のリクエストも聞け」

「俺は何でも構わないぞ」

周りの客には、単にこれから行く店の相談をしている同僚《どうりょう》達、といったふうに見えるのだろう。

きっと、自分達が抱えている恥ずかしい秘密《ひみつ》は、誰にも気づかれないのだ。

あとがき

こんにちは。西野花《にしのはな》です。「鬼上司《おにじょうし》の恥《は》ずかしい秘密《ひみつ》」を読んでいただきありがとうございました。今回のネタは担当さんからです。自他共に厳しい上司が、めためたに会社でエッチなことをされるというシチュエーションはおいしいなと思い書きました。

挿画の國沢智《くにさわとも》先生、今回もありがとうございました。國沢先生は構図の神と思っているのですが、今回も表紙の素晴らしさに圧倒されました。本文の挿画も楽しみです。

さて、今ほんとに世の中はえらいことになっていますが、私は自分のできることを粛々と進めるだけだと思っております。エンタメの力はすごいはずです。気負わずがんばっていきましょう。

近況としましては、毎日原稿してます。コワーキングスペースも二カ所ほど契約しているんですが、行ったり行かなかったりですね。最近は家にいます。食生活のバランスも見直そうと、食材を届けてくれるやつも申し込んでみました。できることからします。

それでは、またお会いしましょう。

西野　花

【Twitter ID　hana_nishino】

Lovers Label

鬼上司の恥ずかしい秘密

ラヴァーズ文庫をお買い上げいただき
ありがとうございます。
この作品を読んでのご意見・ご感想を
お聞かせください。
あて先は下記の通りです。

〒102－0072
東京都千代田区飯田橋2-7-3
(株)竹書房　ラヴァーズ文庫編集部
西野 花先生係
國沢 智先生係

2020年5月7日
初版第1刷発行

●著　者
西野 花 ©HANA NISHINO
●イラスト
國沢 智 ©TOMO KUNISAWA

●発行者　後藤明信
●発行所　株式会社　竹書房
〒102－0072
東京都千代田区飯田橋2-7-3
電話　03(3264)1576(代表)
　　　03(3234)6246(編集部)
●ホームページ
http://bl.takeshobo.co.jp/

●印刷所　中央精版印刷株式会社

ISBN 978-4-8019-2233-4　C 0193